咀嚼爱情

〔英〕罗伊斯·琼斯◎著
李剑敏◎译

重庆出版集团 重庆出版社

This edition published by arrangement with The Berkley Publishing Group, a member of Penguin Group (USA) Inc.

版贸核渝字(2009)第 20 号

图书在版编目(CIP)数据

咀嚼爱情 / [英]琼斯 著；李剑敏 译. – 重庆：
重庆出版社，2009.10
ISBN 978-7-229-01261-8

Ⅰ.咀… Ⅱ.①琼…②李… Ⅲ.①长篇小说 – 英国 – 现代
Ⅳ. ①I561.45

中国版本图书馆 CIP 数据核字(2009)第 172643 号

咀嚼爱情
JUJUE AIQING
[英]琼斯 著
李剑敏 译

出 版 人： 罗小卫
策　　划： 华章同人
责任编辑： 陈建军　王　曦
特约编辑： 黄卫平　陈　黎
封面设计： 尚书堂

重庆出版集团
重庆出版社　出版
(重庆长江二路 205 号)

北京中印联印务有限公司　印刷
重庆出版集团图书发行公司　发行
邮购电话：010-85869375/76/77 转 810
E-MAIL：sales@alphabooks.com
全国新华书店经销

开本：925mm × 1280mm　1/32　印张：6.875　字数：150千
2009年10月第1版　2009年10月第1次印刷
定价：22.00元

如有印装质量问题，请致电023-68706683

目　录

1
备菜

阳光照射在一户露木结构[①]的农舍上，农舍依偎在德国中部绵延的群山中。2001 年 3 月的一个星期五，复活节前。

鸟儿在歌唱，春色普降大地。风光旖旎的小村庄却一片死寂，除了一辆拖拉机在附近田野上隆隆驶过的声响。偶尔会有一辆车开过农舍，沿着伍斯特菲尔德方向的乡间小路驶去。伍斯特菲尔德隶属于德国黑森州的罗滕堡－富尔达市，本就人迹罕至。而这个小村庄又在伍斯特菲尔德的边缘地带，更是鸟不拉屎的地方，几近与世隔绝，白费了一片大好风光。住在这里的六户人家、三十几人反倒

① 露木结构，half-timbered，即砖木混合构造，内外墙均用木构架而在构架之间填以砖、灰泥或泥巴墙等材料的构造方法。源自欧洲中古世纪，风格粗壮质朴，在德国乡村尤为常见。

乐得清静，彼此知根知底，或喜欢自认为如此。

在附近的卡塞尔市，格林兄弟写下了他们的大部分童话作品。这更让农舍周围森林稠密的乡村地带，在想象中成为侏儒、鬼怪、女巫的肆虐之地。卡塞尔有一个博物馆纪念他们的事迹。另一个引人注目的地方是死亡博物馆，永久收藏墓碑、棺材和刻画死亡的雕塑作品。

阿明·梅维斯的家人在1965年以租买的方式购入了这栋杂乱无章、共有30个房间的农舍，他很喜欢格林兄弟的童话作品。《奇幻森林历险记》是他儿时最喜欢的作品，特别是故事中巫婆“将小韩塞尔喂得胖墩墩、圆滚滚”以便煮食的章节。打小他就一遍又一遍地演练这一场景，扮演巫婆的角色，幻想着烘烤、吞食韩塞尔，以此为乐。

大部分节假日阿明的家人都在农舍中度过，这里有马厩、大花园，四周被草地环绕。小阿明会带上他最爱的小马驹波利和一头阿尔萨斯大狼狗出去遛弯。跟邻居家的小孩曼弗雷德·斯塔克玩闹，就是他爷爷最终将这栋农舍卖与了阿明家。不过在当地其他小孩的心目中，农舍毫无诱人之处，他们反倒称其为“鬼屋”，因为屋里一片幽暗、霉味十足。十六岁时，阿明搬进了这套不成格局的大房子，和母亲一起住在这里。

当年的农舍如今已成废墟，墙角处灰尘遍布、房间里结满蛛丝。阿明的母亲按自己的口味装修过房子，用的是毕德迈亚时期[1]的彩花地毯和古董家具。那是十九世纪中叶德国的一个历史时期，以稳健、保守的风气闻名。母亲死后，阿明从未变更过房子的风格。来访者乍一感觉仿佛时空倒错，回到了一两个世纪前。

屋外，一个儿童秋千凄凉地栖身于一团高高的草丛中，与一堆轮胎、破割草机和六辆旧车一同烂去。那六辆破车阿明一直打算将其修好，但从未付诸行动。他一般住在农舍的最底层。电脑显示器和其他硬件撒落一地，晚上大部分时间他都待在这个屋里，通宵达旦上网冲浪。其他房间大都为客房。床铺通常都打理好了，以备不时来访之需。但从未有人来过。现在连母亲也死了，阿明孤苦伶仃，与他的记忆、电脑和一只波斯猫克莱奥相依为伴。

但是今天，四十不惑的电脑专家阿明满怀期待，盼着玩伴的到来。

伯尔尼德·尤尔根·布兰德斯，一个电脑工程师，会过来吃晚饭。

阿明早已备好了数瓶他最喜欢的美乐南非红酒，买了许多小椰菜、牛肝菌和土豆。他喜欢橄榄油和大蒜，特意清点了一下存货是

---

① 毕德迈亚时期，Biedermeier era，通常指1815年维也纳会议到1848年三月革命之间。值此之时，德国与奥地利政局动荡，大多数中下阶级民众饱受反革命压力，培养出顺从与谦和的内敛个性，并不热衷参与民主改革的行列。当时的人为了自保，多表现出顺从的理性态度，致使社会风气相当保守；刻意标榜与日常生活有关的社会实相，力图维护一定的社会道德标准。这段时期的艺术被称为毕德迈亚艺术。其潮流最先出现在手工艺上，特别在家具与装潢方面。其特色为轻巧素雅，外加柔和起伏的装饰，且强调实用的功能和经久耐用的性质。

否足够。想到即将送上门的人肉美食，他舔了舔嘴唇。娇嫩多汁的人肉，他之前可从未品尝过。

极度渴望下，他的肚子一阵咕咕乱叫。

阿明和伯尔尼德素未谋面，但已感觉心意相通。的确，两人宛若心灵伴侣。他们经由互联网上的一个同性恋聊天室熟识，最近几个月频繁互通电子邮件，向对方倾诉自己内心最深处的性念和有增无减的欲望。他们都沉溺于暴烈的性幻想中不能自拔。两人一连数小时挂在网上，搜寻满足自己需要的色情照片，拷打、施虐、受虐。痛苦是他们的欢乐。皮革、橡胶、支配、服从的色情图景令人血脉贲张。但这两人不想只是纵情于 S&M 的角色扮演中。他们对同类相食有着近乎一致的痴迷，借由吃人实现自己性倾向的行为方式也日益成形，这是他们最大的与众不同之处。

一个幻想杀人、吃人，一个甘愿被杀、被吃。

而且他们还不遗余力宣扬这一事实。

2000 年年底，在一个专向食人者开放、也是他最喜欢去的互联网聊天室中，阿明发了一条广告：“专寻体格健壮、年纪在 18 岁到 30 岁之间、愿意被宰杀的男士。”几个月后，伯尔尼德回复道：“我愿意将自己奉献与你，让你吃我的身体。只是杀了我还不够，你还要吃了我！”

两人还订下了一份奇异的合约，以实现彼此终生不渝的怨念。自幼就迷恋吃人的阿明，将杀死、肢解和吞食他的祭品，以满足他对人肉的渴望。伯尔尼德甘愿被阉割、宰杀和吃掉，让自己在地球上消失得无影无踪。还是小男孩时，他就想被人杀了吃掉。

让这古怪的一对互相找到对方的，正是互联网。

如果没有互联网，他们很可能只是将各自的幻想深藏心底，永远不可能相遇。

想到伯尔尼德写给他的最后一封电子邮件，阿明对自己笑了笑，内心涌起一股暖流。“我已没有退路，只能前行，穿过你的利齿。”伯尔尼德写道。

对阿明来说，没有比这更甜蜜的情书了。

2
童年

生下阿明、她的第三个也是最后一个孩子时，瓦尔特劳德·梅维斯已年届四十。那是 1961 年。孩子的脸简直跟母亲是同一个模子塑出来的，一模一样深陷的眼睛，薄嘴唇，长而尖的鹰钩鼻。阿明称不上是一个俊美的小孩，但他开阔的脸庞让人舒服。

他的幼年在埃森–霍尔斯特豪森度过，位于当时西德的鲁尔工业区。跟母亲、两个同母异父的兄弟（她母亲第一次婚姻的产物）和警察父亲一起住。八岁大时，男人逐渐从他的生活中消失。先是他同母异父的二哥，英格伯特，搬到柏林跟他的亲生父亲一起住。接着他的父亲，迪特尔，也与母亲分居了。阿明的母亲（年纪比她的丈夫大十九岁）和迪特尔互相不对付，迪特尔再也无法承受每日一小吵的家庭压力。“我们的婚姻无可挽救了，”一天晚上吵架时他冷冷地对妻子说。“我们每天都在打架。我再也受不了了。”

“你一定是在外面有女人了，”瓦尔特劳德大叫说。“她是谁？我要杀了她。”

瓦尔特劳德掀起又一通歇斯底里、醋意十足的责骂。迪特尔毫不理睬；他已无动于衷，只想抽身而退。尽管家里乱成一锅粥，阿明应该不会受到什么影响吧，迪特尔心里想到。他是一个如此沉静、乖巧的小男孩。他望着自己的儿子，后者正静静地玩着房屋模型玩具。他看起来那么年轻又天真。对自己孩子的《奇幻森林历险记》情结或是正在他心中孕育的阴暗幻想，迪特尔浑然不觉。

分开后，迪特尔与儿子的联系止于按时寄送抚养费，一两年才与儿子见上一面。阿明倍感孤独，想念父亲和同母异父的二哥。他甚至怀念与二哥的争闹，还有父母亲吵架时彼此的大嚷大叫。至少那还有点噪音；房子里现在一片死寂。这时他同母异父的大哥，也是他最喜欢的沃尔夫冈，也搬到了柏林和父亲一起住，只留下阿明孤零零一人在母亲的监护下。

同母异父的哥哥都走了，小阿明，当时只有六岁，只能与母亲相依为伴——一个满怀怨恨、感觉自己被两次破裂的婚姻拖垮了的中年妇女。她来自一个富有的家庭，性情高傲，目光远大。小儿子现在是她生活中的最后一个男人，她得牢牢抓在手中。

遭遇第二次婚姻破裂、家庭解体后，瓦尔特劳德变得麻木冷酷。她的脸上不再有笑容；相反，她总是板着一张苦脸，似乎什么也无法击破她性情乖戾的盔甲。对那两个辜负、抛弃了她，毁了她梦想的前夫，她心中只有强烈的怨恨。日复一日她无情地凌辱小阿明，让她的小儿子和任何在她身边的人也饱尝苦楚。

她在笔记本上写下她的家族史，甚至还打印出来。她不厌其烦地详述先祖们在拿破仑战争和第一次世界大战中的杀戮。至于她的儿子和前夫们，她不愿浪费一点笔墨。现在，对她而言，他们根本不存在；在她的新宇宙里，她是唯一的主宰。

阿明在学校和在家里一样的循规蹈矩。

他各门功课都不错，尤其是数学。他聪明又认真，自觉完成家庭作业。偶尔也打打架，但从来没有给自己或别人造成大麻烦，或犯过什么大错要被拖到校长面前受训。然而，他好像不善于结交朋友。

他是一个羞怯、内向的小男孩，尽量不参加校园活动，更甚少和同班同学开玩笑。时下流行什么玩具，他全然不知，其他小伙伴有什么好玩意，他更是一个没有。长此以往谁愿意做他的朋友？取笑他反倒更轻而易举。他是"怪胎"、"娘娘腔"、"异类"。他的衣着是最大的耻笑对象。母亲强迫他穿上老式的白衬衫和巴伐利亚风格的皮短裤上学，陷其于同班同学不懈的嘲笑中。1970年代刚刚开始，班上其他男孩都穿牛仔裤上学。他太不合拍了。

午餐时分，功课暂告一段落，阿明和同班同学说声再见。他不能玩耍，得回家帮母亲干活。即便当天的功课都结束了，阿明的活还没完——他得擦好玻璃、刷锅洗碗、收拾垃圾。他乖乖奉命行事。母亲叫他"Minchen"，阿明的一种昵称，在古德语中也有"仆役”的意思。在这个家里，她是主人，他是奴仆。

有几次学校的朋友敲门，邀请那个害羞的小男孩出去玩。但直接被他母亲冷冷回绝了：“Minchen 太淘气，哪也不许去。”Minchen 则在一旁一言不发以笑作答。母亲说什么他就做什么。很早以前他就放弃了与母亲侮辱性的命令、数落和臭骂争斗。她是老大，抗争毫无意义。“阿明，你想玩什么游戏?”活动间隙老师们有时会问他。阿明不知道——他想取悦每个人，做任何他们让他做的事。在母亲的掌控下，他从来没有机会完善自己的个性。

偶尔与邻居们在一起，观看当地农场宰杀牲畜的过程，与世隔绝的阿明才能稍稍远离所谓的幸福家庭生活。猪、鸭、鸡、鹅、鹿或是一头野狗——都被宰了吃。宰杀于他成为日常的一种仪式，他能将之与爱相连的东西。

到了晚上，他想象自己有一个家庭。他想有个人一起游戏，照顾他、拥抱他。但身边没有人这么做，他只能创造一个。独自躺在床上，阿明和一个想象中的新朋友交谈。弗兰克，或弗兰基，那是他的名字，就像学校里那个人人喜欢、人人仰慕的好男孩。也是阿明自己想成为的那个小男孩。很快弗兰基成为阿明的知己好友。阿明向他倾诉所有的秘密，自以为弗兰基会喜欢他理解他。“我想爸爸和哥哥，”晚上他独自在房间里对弗兰基喃喃自语。“在你住到这以前我们同睡这间房，弗兰基。”

“我又惹得妈妈不高兴了，”他说。“我忘了扔垃圾。”有时阿明也会跟弗兰基倾诉他的愤怒。“我不喜欢学校里新来的那个小男孩。今天他又取笑我了。”

弗兰基则对阿明说他有多爱他。

八岁到十二岁时，阿明塑造了一套他自觉只能与弗兰基分享的心绪和幻想。他知道弗兰基理解他，即便此时弗兰基已不是阿明梦想国度里的唯一。现如今，这一国度被他所能吞食的少男少女占据。多少个漫漫长夜，阿明浮想联翩，抵至一个他能宰杀、切割和吞食人类的世界。同班同学成为他进食的选择对象。他酷爱一个叫“鸭脚板”的电视节目，主角是一只友善的海豚，不是他对海豚的奇遇记着迷，而是因为他想吃掉那只海豚的主人——桑迪。这位电视童星是阿明的理想之选：年轻、健康、一头金发。正是他内心想成为的那种完美、受欢迎和成功的男孩类型。他相信吃掉他能使他继承他的性格衣钵，或是直接就变成了他。

“要是我把桑迪或随便哪个男孩吃了，他将永远不能离开我，”阿明跟弗兰基说。“我就能让他死心塌地追随我。这样我才会觉得安全靠谱，不再孤独。我一定要让谁成为我的一部分。”

弗兰基则总是随声附和。这样做好极了。小阿明应该“让谁成为他的一部分”。对他不离不弃、死心塌地、忠心耿耿。永远永远跟他在一起。

阿明不想再觉得孤单。父亲和兄弟离家后充盈他内心的痛苦空虚亟须填补。他想吃掉谁让自己有个伴。

一有机会，阿明就想方设法找恐怖片看，越惊悚越好。他两眼贪婪地吞噬电影里尸身分解、器官横陈的场景。活血和凝血为他的吃人梦提供养分。这是他的内心世界，无人能涉足其中或发号施令。在这个死亡和毁灭的私密宇宙里，他才是老大。吃人的念头让这个性格内向的小男孩内心更加骚动不安、根深蒂固。幻想的种子已经种下，正茁壮成长，在小男孩的想象中卷须纠缠。

等到了十二岁青春期萌动时，吃人的怨念对阿明而言多了一层性意味。打开某人的胸腔，掏出心脏、肝脏和肺叶，趁东西还热乎时赶紧吃掉，这一想法在他心中日益浓烈。当跟他一般大的男孩对他们朋友的姐妹、或是正在学校操场上做体育运动的少女投去如饥似渴的目光时，阿明的性幻想却急剧转身，走上一条邪路。年纪更小的时候，吃人只是让他心里觉得好受。现在他的幻想在荷尔蒙马力十足的推动下，越来越难以驾驭。

看到男性同学玩游戏时裸露胸腔的起伏变化，阿明的内心欲壑难填。他们的乳头尝起来是何种滋味？身边走过警察时，他的目光在他们的制服和绷紧的大腿上游移，正好一试我的铁齿，定能将其撕裂。对女孩他就没有那么感兴趣。没准她们肉质更娇嫩鲜美，阿明心里想，但他一生所求并非女孩。再说这个世界需要女人繁衍人口。生下更多的小男孩，或是组建那种他一直想要而不得的幸福家庭。

女孩太珍贵了，不能下手。

3
强势母亲

十六岁时，阿明和母亲从埃森搬到罗滕堡的农舍。附近有一所好中学可以让阿明完成学业。

离开埃森对他们不是很大的痛苦。他们没有什么亲朋好友值得留恋，阿明反倒高兴能长久搬到旧农舍住下。他能躲进阴暗、废弃的房间里不受干扰。在一座十七世纪的房子里，他关于尸体和人肉的幻想更易成形；吃掉某人“永世相随”的想象也更易驰骋。

这时，瓦尔特劳德却对好歹终于实现了住上“自己产业”的愿望洋洋得意。她一直想要一个体面的家，有绿树成荫的庭院、自己的专用车道；而这栋似乎行将坍塌的农舍里三十间左右简单装修的房间（其中大部分从未使用过），则很好地满足了她追求奢华的想头。搬入长住后，这位离了婚的中年妇女终日不可一世地坐在房子里，但她的银行存款却让其傲气露出马脚。她不去工作，手头自然拮据。离婚时在法庭里大闹一通后，她设法从前夫那里弄到了一些损失费；这笔钱之外，只有每个月点滴寄来的她在埃森的房子租金。再无别的收入。

瓦尔特劳德给农舍的每个房间取了一个富有诗意的名字。她称其卧室为Sonnenglanz，在德语里是“阳光”的意思。她的化妆室名为Fruhtau，“晨露”的意思。在顶层二十五平方米的阁楼里，她建了一条铁路模型，边上有气派的房产、城堡和农场。阁楼取名为“乡村风光”。阿明卧室的门上，她贴了一个带有花卉图案的标签，上书Kinderzimmer即“儿童房”之意。即便已经十六岁了，在瓦尔特劳德眼里，阿明仍是小屁孩一个。她也如此待他，为其出谋划策，他则毫无机会发声。可怜她十几岁的孩子一生从未抹掉这一印记。

就像他小时候在这里度假般，阿明依旧把大把时间花在他的小马驹波利和那条阿尔萨斯大狼狗身上，骑马或者带狗出去遛弯。他很少和同龄的男孩子混在一起，在午后听听音乐，或是对新近走红的男女明星品头论足，要不就是他们在学校里喜欢的女孩子。阿明的日常生活中只准有一个偶像，那就是他母亲。每逢周末，母子俩坐在一辆破马车上，波利在前面拉，结伴在农舍附近的小路上漫步。阿明那布尔乔亚的母亲往往目空一切，轮番灌输她那套属于上世纪二三十年代生人的严苛的生活信条。对其言阿明洗耳恭听、俯首帖耳，在生活中也严格遵从她那套过时的准则。回到家，他还要干一大堆家务活。“Minchen，擦擦玻璃。”她开始发出指令。

"Minchen，把床铺好，"她又说。"还有别忘了给银器打光。"

在这栋杂乱无章的房子里，总有足够的地方要打扫。

但是瓦尔特劳德不满足于只在自家屋里发号施令。

她想把控制力延展到门墙之外，每当伍斯特菲尔德这个小村子举办派对时，她的这种控制欲昭然若揭。村民们定期举行烧烤野餐，或是每逢圣诞、新年都会轮流在家里开派对。他们总是邀请阿明和他的母亲参加，但梅维斯一家人从未投桃报李，以示答谢。"他们是有点古怪，但在这么个小地方，你又不能将他们忽略不计。"邻居们互相抱怨说。

有一个派对瓦尔特劳德特别不满意。

当时是晚上十点，她站在一个谷仓中间，那里有一个聚会，大家放声尖叫。"音乐太吵了。你们马上结束派对。都几点了。我讨厌把音乐放那么大声。都给我停下。"

邻居们目瞪口呆。"碍着她什么了？"当地一个主妇喃喃自语，觉得像一个小孩被狠狠训了一顿。"大家只不过是找点乐子而已。"

阿明早被赶回家睡觉了，每天晚上十点他都要准时回家。左邻右舍都觉得他很可怜，奇怪他为什么不出去和同龄的孩子们一起玩，或是交女朋友。

但他们从未怀疑过他有同性恋的性取向。

对他内心更阴暗的吃人癖好，他们更是一无所知。

还有一次乡村派对，卡尔－弗里德里希·施纳尔，他和家人住在阿明家后头大约一百米的地方、家里养了六千只左右的母鸡、还有一个面包房，亲眼目睹了瓦尔特劳德如何修理她十六岁的孩子。“阿明，别那么举刀叉，”她厉声喝道。“我说过多少遍了，在恰当的位置用你的手指抓住刀叉。你这淘气鬼。”卡尔－弗里德里希这时跳出来解围。“梅维斯夫人，你愿意过来跟我们一块喝一杯吗？”他问。“我敢保证阿明的表现好极了。”

这真是难得一见的缓刑；阿明甚少从瓦尔特劳德的身边逃脱，或是不受她严厉话语的责备。

但是这回，他被允许独自参加下一个乡村派对，不用和母亲一起。

那次派对上，他和一群十二岁的小男孩坐同一张桌子。他双手交叉，整齐地放在腿上，一边听他们吹牛逼，一边傻笑。“别在那待着，阿明，”隔壁家的孩子曼弗雷德说。“干吗跟小屁孩混在一起？过来跟我们喝杯啤酒。”

但阿明纹丝不动，还在那待着。

几个钟头后他准点回家睡觉了。

瓦尔特劳德将儿子牢牢抓在手上，在偶尔下午过来喝咖啡的客人面前公开使唤他，但是登门拜访的客人实在稀少，因为瓦尔特劳德在当地根本没有一个知心朋友。

直到德国最臭名昭著的女巫搬到隔壁住下，情况才有了改观。

乌拉·冯·博纳斯，一个散发巫术传单、在德国报纸和广播媒体上大放厥词、自诩能“精确致人死命”的女巫和撒旦信徒，搬到了阿明隔壁家住下，从 1968 年到 1985 年，在那里住了十七年。该女巫原名 Dannenberge，但宁愿别人叫她气派的冯·博纳斯，成了瓦尔特劳德最好的朋友；很快两人便自由出入对方家门，熟络得很。

乌拉·冯·博纳斯将家中四壁涂上厚厚的黑漆。前门也是黑漆漆一片，一个吐出舌头的骷髅充作门铃。她在墙上装饰着路西法[1]的画像，为撒旦竖起祭坛，黑色反射镜、短剑、烛台，一应俱全。当地人为她的房子起了个“巫术之家”的绰号，阿明家的房子仍叫“鬼屋”。乌拉站在门前的台阶上，深红色的双唇间叼着一支登喜路牌香烟，邀请阿明和他的母亲进屋。她的目光透过卷曲的假发逼视着母子俩，一边说话一边挥手，手指上戴满了戒指。

乌拉更喜欢以“撒旦女祭司”而不是女巫的名头行世。这位也是离了婚的中年妇女在自家漆成黑色的房间里，用自制的祭坛，招徕撒旦军团。其能量，她声称，赋予她送人上西天的能力。“我奉撒旦之命杀人。”她说。乌拉还说，她几乎百试不爽，“成功率高达 90%”。

借由撞车、坠下楼梯等事故或她吹嘘的别种手段，干净利落地除掉某人，这位撒旦女祭司每次收费 300 到 1000 马克不等。她的顾客大部分是绝望的主妇，都想把自己误入歧途的丈夫送上死路。

---

① 路西法，Lucifer，《圣经》中撒旦的别名。根据基督教的观点，路西法曾是天堂中地位最高的天使（炽天使），未堕落前担任天使长的职务。由于过度骄纵，意图与神同等，而堕落成撒旦。

她还吸引了另外一些妄图弑夫的女顾客，她们的丈夫不是“对她们不够好”就是出于“金钱考虑”不愿与她们离婚。

德国境内怨男怨妇的需求让冯·博纳斯应接不暇，他们都想对自己不忠的配偶实施报复。但她挑选顾客不是照单全收，反倒有点吹毛求疵。在她眼里，那些能被她送入万劫不复之地的人都是罪有应得，比如说性犯罪者。“我当然首倡死刑，”她说。“通过仪式远程杀人，我已经将二十名男子打入十八层地狱。”她又补上一句：“我施法让他们死亡。而且每次我都设计得像是一场意外。”

她还在宣传册里鼓吹能利用魔力让人们复合或分开，或帮忙解决其他问题。当然，上述所有服务都要收取适当的费用。

“与他人相比，我的咒语和法术更为高明，”冯·博纳斯声称。“我能帮你心想事成；只需告诉我你想要什么，我无边的法力立刻就能让其实现。利用我黑魔法的独门秘技，一切都能搞定。有问题请找我，我敢保证明天你就能高枕无忧。”

当一起案子的三名法官接连心脏病发作、检察官遭受致命重创后，她的声誉更是如日中天。传言说，被告即涉嫌谋杀儿童的犯人与乌拉曾是邻居，是她在背后施展援手。上世纪八十年代初，她的名字又上了报纸头条，这回是被一名心怀不满的妇女送上了法庭，该女声称她付给了乌拉3000德国马克咒死其亲夫，但她丈夫却毫发无损。法庭宣判冯·博纳斯夫人“虚拟罪名成立，但免于惩罚”，勒令她将那笔钱归还。卡塞尔的法庭判决还说这种事“客观地说根本不可能”。

不忙于让人死于非命时，冯·博纳斯就整天泡在巴德哈茨堡的赌场里，大玩轮盘赌。但是撒旦没有告诉她幸运号码。“他有更重要的事情要做。”

阿明很快拜倒在新邻居的魔力下。她跟小男孩说自己与外星生物保持密切联系。胡编乱造一些长角、有分趾蹄和倒刺尾的拟人化生物，激发了他想象力的火花。“亚特兰蒂斯[①]即将浮出海面。”她说。但“世界很快将陷入混乱”。她还向其倾诉梦想。“我将出现在一个脱口秀节目中，与罗马教皇商讨此一变局。”她说。

冯·博纳斯主张，人类与禽兽无异；大自然凶残暴虐，死亡即是其程序之一。她视撒旦为自然中的黑暗力量，妄图以其替代上帝。她尊崇这股“黑暗力量”和撒旦的资质。一旦阿明到隔壁家敲门喝杯咖啡或神侃一顿，他立刻被引导到撒旦统治的世界里，血肉横飞、死亡当道。

如此除了掌控一切的母亲，他还饱受另一个样板的熏陶。一个现实生活中的女巫让阿明最爱的格林童话《奇幻森林历险记》栩栩如生。即便他的女巫没有住在姜汁饼干屋顶、杏仁蛋白窗户的房子里，但同样不赖。

最终，由于手头拮据，乌拉被迫将她罗滕堡的房子卖给一个叫古恩瑟·霍普夫纳的人，搬到了汉诺威以南、巴德哈茨堡的一处公

---

① 亚特兰蒂斯，Atlantis，西方传说中一个高度文明的国家，一个在一夜之间消失得无影无踪的帝国。据信这是地球上的前一个文明，科技水准、文明程度已臻巅峰。有预言家预言，二十一世纪这个沉没的大陆将会浮出水面，重见天日。

寓住下，不分昼夜在赌场里玩轮盘赌。

即便在搬走后，她对阿明的影响力依旧存在。

自从遇上她，他的梦想就染上了一丝黑魔法的味道。这一神秘之学将影响力强加于他幼小孱弱的心灵，鼓励他大胆满足自己的黑色之欲。他开始放手实施自己野蛮的幻想。可怜的芭比娃娃被他肢解分裂，仿佛是真实的受害者。断裂的四肢被放在园子里的金属烤架上炙烤。炉火明灭，芭比娃娃的笑脸逐渐模糊，几至难以辨认；它们明亮、可爱的颜色与乌黑的焦炭融为一体。胳膊腿熔解在金属烤架的热量下，化成液体滴落到烤架下的平底锅上。

消灭掉芭比娃娃后，阿明还自己动手做了更多的玩偶玩。原料是母亲给他的杏仁蛋白软糖，他能花上几个小时将它们塑成人形。这比盖房子游戏好玩多了，他心里想。特别是当他将甜蜜玩偶化为灰烬后。他的性萌芽也开始影响到游戏内容。他用杏仁蛋白软糖仿自己的阳具做成模型，入迷地盯着它。他的杰作还包括用杏仁蛋白软糖做的人形心脏、肝脏和胃。尝起来味道美极了。

不久阿明的烹调实验延展到了真正的鲜肉。

夜深人静时他用猪肉和番茄酱调配出种种奇妙组合，试图模仿出鲜血四溅、血肉模糊的场景。他还将作品拍成照片和视频，小心翼翼地锁起来。

不是因为羞愧；他丝毫不觉得自己做错了什么。

之所以锁起来，是他害怕母亲会有过激反应。

4
青春岁月

高中毕业时阿明的人生选择顺理成章：他入了伍。他虽已十八岁，却习惯受命于人，过一种严格管束的生活。迄今为止母亲像一位教官满屋子使唤他——现在该轮到别人了。急于讨好又乐于服从，他轻易就融入了部队的生活节奏。阿明变成一个勤勤恳恳、尽职尽责的军人，总是提前十分钟就抵达工作场所，还自告奋勇加班。

阿明的服从品格让他尝到了甜头。入伍时他只是一名普通士官，随后被提拔为行政办事员，直至升任52装甲步兵营物资部上士。担任主管之职，负责调配步兵营日常所需的物资。

在军械处的十二年士官生涯里，阿明赢得了平和、镇定的好名声，为人处世几近完美。但他孤僻隔绝的生活方式也让人感觉不合群和“怪异”。他似乎没有任何爱好，晚上也从不跟人一起踢足球。

他更喜欢一个人待着。除了受邀与认识的人一起航海，他很少花钱离开基地远足。阿明在船上是一位好水手，恨不得把所有活都干了，抢着冲洗甲板和升起船帆。第一次航海时，他骗母亲说是部队有行军任务。第二次他实话实说，征求了母亲的同意，但每隔一天要在船上打电话向她报到。

虽然阿明的母亲将他训得好好的，让他过一种纪律严明、听命于人的生活，但从未历练过他的领导能力。升任上士后，阿明手下有十名军官和两名文职雇员供其差遣。但他缺少上级军官必要的那种强硬，无法让底下人服从他的权威。很快那些原本该听命于他的人反倒爬到他头上去。每个军官提前下班的要求阿明都会批准。有一次一个下属的儿子结婚，阿明还自愿在婚礼上当侍应生，为那个下属和其他客人服务。仆人的角色让他更感舒畅，而不是主人。

每到晚上，阿明又转变角色，变成一个逆来顺受的儿子。

营部大部分时间驻扎在罗滕堡，如此几乎每个晚上他都能回家，回到母亲身边。上世纪八十年代初，母亲甚至还跟他们的部队一起出行。部队在外过夜，他们就一起住双人间。战友们觉得这太不可思议了。“阿明，你真是一个没断奶的小屁孩，”他底下的军官沃尔夫冈打趣道。“每天晚上睡觉前是不是她帮你洗脸？每次你上厕所是不是还要她同意？”“阿明，每次你下命令是不是还要和你妈妈商量？还是你自己就能做主？”另外一个嘲笑说。“你不觉得你已经足够大不用和你妈妈一起过夜了？老天，你可不是什么七岁小孩。”

但阿明对这些冷嘲热讽置之不理。他压根不在乎。

在军官的圣诞派对上，士兵们意气风发地步入饰满花环的大厅，炫耀他们的妻子或是新近结识的女友。女人们花了好几个星期购置合适的行头，一下午都在化妆、弄头发。为了让自己光彩照人，她们在发胶、指甲油、垫肩上不惜血本。单身女子一整晚都在争芳斗艳，吸引士兵们的注意力，或是与大厅里相貌最英俊、最称心如意的军官调情。

阿明总是邀请母亲大人参加派对，一晚上服侍在她身边。

这已习以为常。在他为数不多与女人的约会上，母亲都会陪伴左右。瓦尔特劳德独自坐在汽车后座，聆听女孩子与他儿子的对话，表情冰冷、痛苦不堪。即便他们下车喝东西，她也在车里等他们回来，随时准备好接管她唯命是从的乖儿子。

阿明无法理解为何他潜在的女友都认为这难以接受。为什么他母亲就不该在那儿？她们也不想他把母亲一个人留在家里无人交谈，是不是？女孩子都想单独和他在一起，这让他百思不得其解。毕竟，他去哪儿母亲也跟着去哪儿，这难道不是天经地义吗？

瓦尔特劳德铁下心要成为阿明生命中的头号女子。她不想有任何女子与她较劲，夺走她最后一个男性伴侣。她将阿明带回家的少数几个女子批得体无完肤。“她不适合你，”她说。“她配不上你，阿明。你怎能和那样一个女人共同生活？听见她说话的方式没？口气如此冷酷无情。”要不就是说人家“飞扬跋扈”。另外一个女孩则是“过于俗气”。对他儿子的任何一个潜在女友，她都能在鸡蛋里挑出骨头。阿明却将每句话谨记在心。

他也清楚得很，如果他带一位男性“朋友”回家，母亲就不只是反对那么简单了。她简直不能容忍，难以接受儿子是同性恋的事实，所以他只得将同性恋的情结深深埋在心底。他从未暗示或公开宣布他有同志倾向。确实，绝大部分认识他的人都不知道他是同性恋的事实。连他自己也不确定。没人指认过他，有时他也觉得难以相信自己的判断。“你看我像同性恋吗？”有一次他问邻居曼弗雷德，两人都在部队里服役。

“这只有你自己才清楚，阿明。”曼弗雷德回说。

阿明沉默不答。他不想再谈论这一话题。他知道有一天自己会想要一个妻子繁衍香火，但他也知道他只对男人感性趣。无论生活中是否有一个男人或女人，对他都不是问题。他就是不知道如何揭开性的面纱。且不说还有一个母亲在他身边。

每逢周末当他的同龄人带女朋友外出时，二十八岁的阿明，却还在与他母亲约会。星期天下午，他们穿上漂亮衣服，开着那辆破旧、黄色的梅赛德斯在附近兜风。这是他们母子俩一周的保留节目。瓦尔特劳德穿上老式过时、开着低胸的巴伐利亚紧身连衣裙，戴上她最好的首饰，面颊涂上胭脂，嘴唇擦好口红。阿明则穿上西装陪伴他的“女士”。简直是上世纪五十年代借尸还魂了。即便是平素已对阿明和他母亲怪异举止见多不怪的邻居，这回也惊呆了。

“你干吗不带女孩子出去？”一个星期天，当阿明到隔壁的卡尔-弗里德里希·施纳尔的农场买鸡蛋时，施纳尔问他。

阿明只是耸耸肩膀。

上世纪九十年代初，瓦尔特劳德在一次汽车相撞事故中严重受伤，生活基本无法自理。阿明在床头极力满足她的需求，母子俩更加互相缺一不可了。

当阿明1991年被迫退伍时，他的生活发生了重大转折。

他原想继续待在军队的避风港中，但人家不要他了。他或许是一位尽忠职守的军官，但从来不是一个合格的领导者，更不会指挥下属。他的前途不在这里。

阿明参加了一个电脑技术员的再教育课程，开始找工作。他被费杜佳录用，一个位于莱茵河谷城市卡尔斯鲁厄的软件公司、在罗滕堡往南三百公里的地方，当上了一名维修技术人员。不过他在卡塞尔的分公司工作。主要是给莱芬森银行的自动取款机做维护。同时负责检修他们的电脑、打印机和其他办公设备。“你是一个勤勤恳恳、技术娴熟、工作出色的人。”阿明的上司在年度总结里这样表扬他。

大部分时间阿明开着车在卡塞尔游荡，检修机器。

这很适合他；与人类相比，机器更好打交道。

阿明很少与办公室同事交流。只在一年一度的圣诞派对或常规公司活动上露个小脸，否则能避则避。其他技术人员倒不放在心上；他们总是匆匆忙忙各顾各回家，辛辛苦苦工作一天后，回到心爱的妻儿老小身边。阿明也有母亲要照顾。偶尔有几个晚上他会叫上一个同事去洗桑拿——但不是为了联络感情，他更感兴趣的是盯着男人裸露的身体让自己大饱眼福。他在这里无拘无束，可以放眼四顾男人的裸体，把目光逡巡在他们闪着汗水的肱二头肌上。

阿明很享受他的日常工作。最主要的是，他喜欢计算机的匿名性，让他得以借工作之便躲开人群。他也喜欢机器的复杂性，随着计算机知识的增长，他越发熟练于编程、游戏或上网。他甚至梦想有朝一日自己做老板，把罗滕堡的农舍整饬一番，改造成一所计算机住宿学校，行政学员可以住在这里，参加为期一周的电脑培训课程。他哥哥英格伯特在法兰克福的一家IT公司上班，可以帮他一把，阿明想。他的雄心还包括成立一家因特网药品公司。

在这些计划的鼓舞下，阿明开始动手收拾房子。

他买了一批瓷砖，想把其中一个老式浴室好好改造一番。当第一批红色瓷砖用完时，他又去买了一些。不过这回他觉得自己更喜欢黑色瓷砖。就这样，等到浴室改造完，墙上已经贴了四种不同颜色的瓷砖。这是他本性使然——犹豫不决又虎头蛇尾。因而他的计划只能是纸上谈兵。他既缺少一以贯之的勇气，也没有足够的钱完成改造。

每个月阿明大概能拿三千德国马克回家。他把大部分薪水花在购置旧车上，买来了就停在草坪上，不去修理。他收集了一辆瓦特堡、梅赛德斯-奔驰108和两辆特拉贝特——这是上世纪五十年代产自前东德的一款私家车。阿明很想把它们修好，但从未付诸实施。这些旧车停靠在院子里，边上是一个旧的停车指示牌，上面写着大大的“P”字，还有一辆旧的福特雅仕为伴。阿明收藏的其他破烂现在还堆在院子里。一台坏了引擎的割草机、堆成小山的破轮胎、混凝土搅拌机和一把办公用椅，出没于杂草间。

他还把每个月薪水的一部分投资在西装、衬衫和领带上——母亲很早就跟他灌输衣冠楚楚、相貌堂堂的重要性，他也想让自己工作时看起来体面一些。她总是敲打他要做一个绅士，他的言行举止确实也无可挑剔。在每一个见过他的人眼里，阿明给人的感觉总是一个腼腆、家教良好、和善可亲的小伙子。

当然，没有人能窥探他脑子，领略他日益繁衍的毁灭之欲。

5
母亲之死

1999年9月2日，饱受病痛折磨的瓦尔特劳德在床上死去，时年七十七岁。这时阿明也已三十有七了。“太惨了。现在我在这世上真是孤苦伶仃了。”他跟同事说。“我感觉到了母亲离去的那一瞬间，”他说。“她死时我不在家，但我觉得自己内心躁动不安。”

阿明两个同母异父的哥哥赶回来参加葬礼。大哥现在是一个教区牧师，二哥在计算机公司上班。几天后他们就走了。

突然又只剩下阿明一个人。

在和母亲共同生活了将近四十年后，阿明现在每天回家只能独守空房。

他的小马驹死了，那条阿尔萨斯大狼狗也死了。他买了一只昂贵的波斯猫，克莱奥，做伴。猫在偌大的农舍里四处游荡，时不时搭理一下它主人。阿明很孤单。他将这个母子俩共同生活过的房子视若圣地，以纪念他的母亲。就像阿尔弗雷德·希区柯克的惊悚电影《精神病患者》中的汽车旅馆经理诺曼·贝兹，阿明开始想象自己就是母亲，穿上她的衣服，模仿她的声音。他一丝不苟地打扫她的房间，打理她的银器和梳子，像她以前做的那样。一天，当他穿着母亲的花式上衣、化好妆、戴着假发开门时，把他的学校旧友贝托尔德·西贝格吓了一大跳。

"他接管了母亲在家里的角色，"贝托尔德事后嚼舌头说。"走进她的房间时我真的被震撼了，"他说。"她的睡衣整齐地铺在床上，精心熨过一番，仿佛他在期盼她随时回家一样。他的世界凝固在往昔她还活着的岁月里。这让人毛骨悚然。"

除了他母亲的卧室，其他房间阿明懒得打扫。

一来房子实在太大了，二来没人造访他不想白费工夫。

于是他干脆搬到底层去住，那里墙上挂满了剑和盾，是他母亲布置的装饰品。底层有一个休息室，餐厅里有一张大餐桌和一个厨房。除了底层的三个房间，农舍的其他房间几乎都有床和电视。阿明还想着改造房子的事，建成一所计算机寄宿学校或一家旅馆——不过现在他的如意算盘是建成后再以一百万德国马克倒手卖掉。即便如此，农舍始终还是无人照料。房间废弃，角落里尘埃遍布、蛛丝肆虐。地下室浸没在水里，成了老鼠的滋生地。

阿明偶尔邀请邻居上门做客，喝杯咖啡或吃顿便饭。古恩瑟·霍普夫纳是常客之一，隔壁的女巫搬走后，他搬了进来，与阿明相距不过三十米；弗里德里希和格特鲁德·鲍纳克夫妇俩，他们家约在一百米开外；还有雅各和艾拉·帕鲁森夫妇，两百米远。曼弗雷德·斯塔克的房子和卡尔－弗里德里希·施纳尔的农场在阿明家屋后一百米的地方。

对村里的人家来说，阿明还算一个好邻居。他的房子是邋遢不堪，这让他们皱眉头，但他们的态度只能是各人自扫门前雪。而且，他总是那么乐于助人。为他们修剪草坪，修理电脑，帮他们砍木头。到了圣诞节他甚至还扮演圣诞老人，逗孩子们玩。当地人虽然认为他迥异，却彬彬有礼、举止得体，胡子刮得一干二净，一头深色的金发，总是对他们迎面而笑。他们为怎么跟他搭讪头疼，但在他母亲死后他们随时准备伸出援手。“阿明，如果你因为母亲过世了心里难受，你随时可以过来和我们聊天，”他的邻居卡尔－弗里德里希说。“只要你需要，我们随时听候差遣。”但是阿明从未接受他或其他邻居的好意。他们不能理解：如果阿明不愿意对别人敞开心扉，他如何能排遣心里的愁绪和忧伤？有一回阿明确实接受了邻居的帮助：他不知道该给汽车上保险，直到有个邻居告诉他。

村里的烧烤野餐和夏天的派对，阿明仍会参加，时不时还会跟村民们议论几句政治。但他不是一个好辩手。随着谈话对象的不同，他的观点总是变来变去。其他辩论者发现他的观点软弱无力、持续不定，很好对付。而一旦有男人谈论起女人和性，他的表现总是窘迫不堪。“是的，我当然试过好多回了。”有一次他这么对卡尔－弗里德里希说，接着点上一支烟，一言不发。

相比他们的父母，阿明发现自己更善于跟小孩子对话。邻居们的儿子时常跑过来玩。到了晚上阿明会在壁炉里烧起火，与小孩子们一起烧烤，如果他们带肉过来的话。他们还经常在一起看电视。但阿明不让孩子们看任何“暴力镜头”。在这个互信的农村小社区里，父母们信任阿明跟他们的孩子在一起。他就是有点怪，但不会造成任何伤害，仅此而已——他们一向这么认为。对阿明内心的阴暗面他们一无所知；他也从来不向他们表露。

随着时间的流逝，阿明越发渴望拥有一个自己的家庭，用孩子们的欢笑和喧闹填满这个空荡荡的房子。他想再创造一种他无缘得享的欢乐童年和家庭生活。有一回伍斯特菲尔德的一个女熟人搬走了，给他留了一副粉红色和淡紫色相间的秋千，他就在农舍的院子里架起秋千。终有一天我的孩子们能在这里玩，他心里盘算道，脸上露出了笑容。但是秋千慢慢地生锈腐蚀，毫无用场。

1996 年，尼克·斯威泰克搬进了施纳尔家的农舍扩建的房子里。她和她的三个小孩还有她的男朋友在那一直住到了 2001 年。阿明喜欢晚上和这一家子一起过。“我能看出来，跟我们和孩子们在一起，让你有家的感觉，”尼克对他说。“你自己就是一个大孩子，阿明！看看你跟孩子们玩的样子。”

阿明与尼克家的两个儿子越发亲近。他教大儿子艾利亚如何开车，跟小儿子雅克一起玩铁路模型，就是他母亲在阁楼里建的那个铁路模型。艾利亚时常跑到阿明家里去；两人坐在阿明的电脑前玩游戏，射杀松鸡。

阿明催促斯威泰克一家子搬到他家里住，这样他身边就有一个现成的家庭。他还说如果需要，她的男朋友也能过来一起住。他们没有接受他的好意。五年后，他们搬出了罗滕堡，也从阿明的生活中消失。

1999 年年底阿明参加了一个婚姻介绍所，想找个妻子安定下来。但是，毫不奇怪，他没有这种运气。他看上去像是一个安静、谦和的电脑呆子；最终他与女人的接触只限于晚上在卡塞尔的蓝月亮妓院。他在酒吧里吃喝睡觉，但从未叫过任何一个妓女。

但是那年年底的一个夜晚，事情似乎有了转机。

阿明谦卑、有礼的性格赢得了一个女子的欢心，她叫卡琳。她觉得这个恬静、瘦高、有运动员身材的男子其实相当英俊。阿明自己也觉得，他可能找到了一个能与之共度此生的女人！实际并非如此。他决定带她回家，好好参观一下他们将在那组建家庭的地方。

“我誓死也不会搬到这里，”一看到他那个摇摇欲坠、陈腐破烂的家她就说。你也别想说服我，她还说。绝不可能。但对阿明也是如此，他绝不会搬出他母亲的豪华庄园。两人的恋情迅速结束，与他们坠入爱河一般迅捷。

马里恩·莱奇，阿明在罗滕堡经常一起遛狗的老熟人，决定由她掌握主动。“阿明，你需要找个女朋友，”她开门见山地说。在马里恩的撮合下，1999 年除夕夜，阿明和一个叫马迪娜的女子相亲了。马迪娜三十六岁，平易近人，更重要的是，她有三个孩子。她一下子被阿明的人品、还有他对待孩子们的方式征服。她很高兴阿明能花上几个小时，跟孩子们一起待在想象的隐秘世界里。他们开始约会。一起去舞厅跳迪斯科；手握手外出散步。

“你跟孩子们是我最亲近的人，”2000年1月，阿明在写给马迪娜的一封情书里说。“事事以孩子们为先的母亲是这个世界上最优秀、最美丽的女人。”马蒂娜则给阿明买了一个魔术玩偶作为礼物，还附上一封信说：“你深深吸引了我。”

阿明现在有东西可以跟同事们吹嘘了。他在桌上摆了一张马迪娜微笑的照片，还吹说自己订婚了。实际上，他只是送了她一个戒指。他还夸下海口说跟马迪娜睡过了，但也是一派胡言。马迪娜对上床的事很不热心，理由很简单，她不想再怀孕。当马迪娜告诉阿明她想做绝育手术、不想再生孩子时，他的幻想一下子破灭了。“如果我结婚了，我想要一个功能齐全、能为我生儿育女的女人，”他对她说。当他坦承自己还有同性恋倾向时，她直接就不与他联系了。他们的友情、阿明最有望进一步发展关系的那种亲密，只持续了三个星期。

即便在这段浪漫之旅里，阿明也从未与他的第一个真爱——他母亲断绝关系。他母亲人是死了，但对阿明的强力掌控并非消逝。阿明甚至还在她死后秉承了她的一些独裁气质，他的人格新近表现出了专断的一面，有什么不顺他的意就蛮横无理，这让人大吃一惊。

作为一个工作认真负责的员工，阿明每天穿一件熨好了的衬衣准点上班，一副尽职尽责的样子。但是每天工作一结束，他就抽身而退，进入那个充满了幻想和影像的邪恶幻境，吃人的欲望日益滋长。母亲死后他杀人的渴望越发强烈，吃人的幻想也变得越发具体和残忍。

他开始研究食人魔的世界及吃人在人类行为里的源远流长。他欣喜地发现，早在远古时期，人类就时常吞食他人的身体——既然如此，他就不是唯一一个迫切想吃掉同类的家伙！他还知道“吃人”的术语源于西印度一个加勒比部落的名字，探险家哥伦布最早记录了这一习俗。据悉这个加勒比部落在水果和鱼等食物中添加人肉。他获悉巴布亚新几内亚一个与世隔绝的部落 Fore 自十九世纪末期起就热衷于在仪祭上吃人，直至上世纪五十年代才被明文禁止。还有阿兹特克人如何在宗教性的牺牲仪式上大规模吃人，对象是战争中的俘虏或其他祭品，后世将这一举止称为“异类相食”(exocannibalism)——即将陌生人和敌人吃掉。

他知道还有些原始人类出于质量或营养的目的吃掉他们的敌人。他们相信被吃掉的人会与他们融为一体，进而继承他们的品性。澳大利亚的土著甚至有一种更“宽厚仁慈”的吃人习俗——“同类相食”(endocannibalism)，正好与“异类相食”相对——将已经死去的亲戚朋友吃掉。

阿明如狼似虎地阅读《活着》这本书——该书记述一支乌拉圭橄榄球队队员如何在飞机坠毁在与智利交界的阿根廷境内后，依靠吃掉同伴而存活下来的故事。他还读到吃人如何经常被利用，作为妖魔化他人的手段——在中世纪的基督教文化里，犹太人经常被描述为对基督徒婴儿的鲜血有特殊嗜好。

在阿明看来，吃人有一种准宗教的特征。

不是有些食人者将死去亲朋好友的尸体再利用，以造福还活着的人吗？基督徒还象征性地吞食救世主的血肉以示庆贺呢，他想。

吞咽不仅是圣餐也是性的一种象征，阿明发现。

爱人们喜欢互相咬对方，他推断说。在他看来，“性食同类”[①]是最高境界的亲密行为。他觉得自己能经由吃人找到那种亲密感，迄今他在与人的正常交往中尚未得享的亲密感。

阿明还阅读与其他特殊食人者相关的书籍。他知道臭名昭著的杰弗瑞·达莫[②]，美国传奇性的连环杀手和食人狂，1992年7月在庭

①性食同类，sexual cannibalism，即在交尾前后甚至交尾过程中，雌性吃掉与之交尾的雄性，以蝎子和螳螂最为常见。不过科学实验表明，处于高度饥饿状态（饿5到11天）的雌螳螂一见雄螳螂就扑上去抓来吃，根本无心交媾。处于中度饥饿状态（饿3到5天）的雌螳螂会进行交媾，在交媾过程中或交媾之后，会试图吃掉配偶。那些吃饱的雌螳螂则不想吃配偶。可见雌螳螂吃夫的主要动机是因为饥饿。在野外，雌螳螂往往不能吃饱，吃夫时有发生。科学研究还发现，吃掉雄螳螂对螳螂繁殖有好处。吃掉了配偶的雌螳螂，其后代数目比没有吃掉配偶的要多五分之一左右。

②杰弗瑞·达莫，Jeffrey Dahmer，美国历史上最臭名昭著的罪犯。与阿明一样，只吃男人不吃女人。达莫自小家庭一直不和睦，18岁那年父母离婚。也就是在那一年，他杀害了第一名受害者，此后一发不可收。种种事实表明，达莫有非常严重的恋尸癖。先绑架他有兴趣的猎物，然后杀害、强奸，最终吃掉。他只有透过奸尸才能获得性满足和高潮。在吃人方面，他也非常讲究，只选择想吃的部位贮藏于冰柜，其余的全放到他在厨房特制的硫酸池里化掉。最恐怖的一次他把受害者的头盖骨凿开，灌入水银。

审中承认杀害、吃掉了十七个人。警察在搜查达莫的公寓时，在冰箱中找到了好几个人头，在文件柜里找到了好几个骷髅，还在一个水池里找到大量残肢。在一台冷藏机里，警方还发现了一颗人的心脏，这时达莫解释说："我是想留起来以后再吃。"

他开始录下一些与越南战争及其受害者，与绰号"汉诺威恶魔"、被控在1918年至1924年间谋杀了至少二十四个男孩的弗里茨·哈曼有关的电视节目。哈曼是一个屠夫，他还将受害者的肉廉价售予爱贪小便宜的顾客。

他读到过德国当时最近的一次吃人案例。1995年在受控抢劫和谋杀的一次庭审上，一个三十六岁的男人声称自己吃掉了受害者的内脏。

他研究过阿尔伯特·费雪的生平事迹，人称"美国杀人魔"，在上世纪二十年代强奸、杀害并吃掉了至少十五名孩童。阿明还特别感兴趣地得知，经由上述暴行，费雪声称自己感受到了强烈的性快感。费雪还给他最后一位受害者、一个十岁小女孩的母亲写信，在她失踪六年后，信里写道："格莱斯坐在我的大腿上，亲吻我。于是我决定吃了她。"

他一遍遍重读德国人阿道夫·鲁盖特的故事，他是十九世纪七十年代芝加哥的一个屠夫，其雄心是让自己的香肠红遍美国。鲁盖特的美梦终于成真。他因谋杀妻子路易莎而被逮捕，被控将妻子分尸后，再将尸块装入他的一个大桶中与其他原料搅拌混合，直至最后将妻子送上他的香肠生产线。鲁盖特被定罪后的两年内，伊利诺伊州和邻近密歇根州的香肠销售跌至历史最低谷。

阿明尤其喜欢“多纳聚会”的故事。1846、1847年交接的冬末春初，一群被大雪围困在内华达山脉的美国拓荒者，通过吃掉死去同伴的极端手段存活下来。但最终仍有三分之二的男人死去。单身成年男子死得最快。其次是小孩。而小男孩又比小女孩死得多。女人不仅死得最晚，存活率也最高。这一故事大大坚定了阿明“女人不可或缺”的观点。他下定决心，绝不吃女人。“女人对人类存活的重要性如何估量都不为过，”他后来说。“男人的精子可以被冷冻，在他死后仍能用来生儿育女。但女人在人类的延续上却无可替代。”阿明对宰杀男性就没有这么仁慈：“对我来说，杀死一个男人跟杀死一头猪没有太大区别。”他宣称。

阿明读得越多，就越能为自己的吃人冲动找到合法理由；终于，他找到了其他偶像以顶替母亲的位置。

他的研究还鼓励他进一步探索自己对人肉的口舌之欲。他从商品目录上剪下胳膊、大腿、躯干等人体部位，再用胶水将它们贴在一个画好的烧烤架上。他拍下自己身体各部位的照片，想象它们被作为上等的排骨和肉片。他买了一台摄像机，开始在家里自拍。他拿刀架住自己的喉咙，用调配了辣椒酱的番茄酱涂抹自己的身体，之所以还往里加辣椒酱，是为了让人感觉更黏稠，更像“真实的血液”。他拍下用两块面包片夹住自己阳具的“三明治”照片，抹上番茄酱假装是血。还给这道菜撒上一点香菜做装饰。

阿明用猪肉做了根假阳具，把它跟自己的真阳具并排放在砧板上。他继续在用杏仁蛋白软糖做成的傀儡和玩偶上施虐，假装让它们受到伤害。在用杏仁蛋白软糖做一个完整的人体前，他先做了一个真实大小的生殖器，撒上可可粉。阿明喜欢巧克力味。

从黄色杂志上收集来的色情录像和色情照片中的屠宰场景，撩拨起他的性欲。他开始对着照片手淫。但这丝毫不能缓解他的欲念，他想要更多。

6

寻人宰杀

凌晨三点半，阿明还挂在线上，完全沉浸在从他电脑屏幕上一闪而过的图片里。他正在浏览互联网上施虐受虐主题的网页。想在睡觉前找到更多的暴力图片。这时让他从椅子上走开难于上青天。色情图片的吸引力远远强过地心引力。

邻居们注意到他书房里的灯一直亮着，直至深夜。他们还以为他失眠难以入睡。阿明心里一清二楚，绝不能告诉邻居或任何人，他如何被睡前的网上阅读深深吸引。

夜深人静时阿明从网上下载照片，还将它们分类归档，一丝不苟。在一个名为“Grausam（恐怖）”的文件夹里，他专门搜集意外事故的照片和事故受害者支离破碎的残骸照。在“Fleisch（肉）”的文件夹里，他存放了各种各样的生肉照片。他还搜集兽恋和虐恋的图片。他总在录像机里放一盒空白录像带，这是专为新闻里的血腥场面准备的，便于他及时录下尸体的照片。他还录下尸检的电视录像，在色情短片的世界里自由徜徉，欣赏有人在镜头前被杀的实况录像。很快他收藏了五十几盘暴力录像带。

但是在家里装上宽带后，阿明的生活被赋予了新的使命。

匿名、便捷、一个月只要二十五美元左右，家庭宽带为他难以节制的性冲动提供了诱人之所，还给予他绝佳的机会大肆餍足自己的幻想偏好，而不用顾及现实。现在，每一年每一天、每一天二十四小时，他能在网上找到成百上千的照片、故事和聊天室。

终于，阿明有了一个嗜好。

在母亲死后的五年里，阿明用书房里的两台电脑，存储了成千上万张描绘暴力、拷打和吃人的色情照片。在电脑硬盘上搜集了五十几个杀人主题的故事和文档。其中既有鼓吹人吃人以缓和第三世界人口压力的歪理邪说，也有如何以最佳方式宰杀人类和兽类的指南建议。他的私人烹调食谱现在增加了各种血腥大餐，都是他从各大吃人网站上摘抄下来的，比如“Panierte Jungenleber（面包屑里的男孩肝脏）”“Penis mit Rotwein（红酒里的阴茎）”。

阿明对互联网阴暗面的探索还使他相信，世上无物不能成为性唤起。恋尸癖也好，虐待狂也罢，甚至受虐狂，都能成为性唤起的手段之一。阿明还意识到，现在他能与全世界亲密接触，以匿名的方式。

他的缺陷或者说是心结，仍是与人肉脱不了干系。

互联网上有多达八十万个吃人主题的网站供他浏览。每个网站都有助于缓和他的孤独感和疏离感。他读得越多，就越将吃人与他的幻想融为一体。他沿用了虚构密友弗兰基的名字，作为他在线冲浪的笔名，很快“弗兰基”便成为他们那个互联网世界的活跃成员。他甚至还写了一篇名为“Der Strichjunge（《男童妓》）”的短篇小说，贴在了网上。故事详述了一名同性恋男童妓被杀的全过程，堪称阿明小时候头脑里虚构的那些暴力童话故事的扩展之作。

“我只有你，而且我只要你，”男童妓在故事里说。“让我成为你的一部分吧。”

“哦，是吗，”男主角说。“那我要吃了你。”

“那就杀了我吧，”男童妓说。“除了你，再没有人对我感兴趣。”

“但我爱你！”男主角说。

“爱我就杀了我，否则我就自己动手，”男童妓说。“此刻我内心有一种难以置信的感觉，仿佛我们的心灵已息息相通。”

男童妓有一副“俊美的男性胸肌”和“美味、结实、多汁”的人肉，阿明写道。当他被一刀一刀刺死时，阿明详细描绘了“热血”从男童妓的胸腔喷薄而出的情景。

小说在网上出版，这让阿明好不得意。随着吃人欲望的增长，他的胆子也越来越大。他决定登录一些吃人主题的在线新闻组，搜寻猎物。还在线上和其他食人者进行赤裸裸的性对话。下班后，他出没于大小聊天室，比如食人者咖啡屋、美食坊、同性恋食人屋、拷打网和Dolcett[①]女孩。他们在聊天室里热议屠宰偏好，将人类贬为猪狗不如的禽兽。还互相交换心得，比如“如何安全稳妥地吃人”。

阿明从聊天室得知，这世界不仅有许多人像他一样想吃人，也有许多人想被人吃掉。单德国境内就有数百人有吃人的癖好，全世界范围内可能有数千人。阿明参与了大概430个食人者网站和聊天室，主要互动对象大都来自西欧和美国。他的聊天对象包括那些想杀人的、想被杀的、有望成为杀人者帮凶的人，还有那些尚未拿定主意扮演何种角色的人。他们以互联网的方式自由交谈，愉快地享受谈论禁忌话题的刺激感。

这是些有着令人毛骨悚然的怪癖的“孤独者之心”。

有生以来第一次，阿明碰见了貌似喜欢他的人群。他找到了一个他不会感到孤独的地方，能和各类食人怪物交谈——他们中有牙医、老师、厨师和杂工，甚至还有政府官员。蒸蒸日上的网上食人世界不仅有体力劳动者参与其中，也有中产阶级的职业者。以互联网为匙，不仅郊区的食人者敞开了他们的嗜血欲望，那些号称社会中坚的人士也不能免俗。当阿明午休时在大街上走过，他不禁面露微笑。那个刚从他身边走过、毫不起眼的银行职员，没准就是昨晚

① Dolcett是加拿大多伦多、成名于互联网的一个匿名漫画恋物艺术家。活跃于上世纪末期，他的作品描绘了许多以女性为对象的绑缚、折磨、食人、强奸和谋杀的场景，通常被描述为是在双方知情同意的情况下进行的。其多数作品不以印刷品的形式传播，仅能在互联网上看到。

网上聊天时向他倾诉自己嗜好男性人肉的那家伙。

对聊天室的大多数参与者来说，这些很可能只是一个游戏。

但阿明却严肃认真地对待它。他甚至在Yahoo架设了自己的食人者聊天室。他成为互联网平台的管理员，发表自己的故事和观点。随着他和他的嗜血网友逐渐敞露各自的内心欲望，双方的线上交流日益深入。有一次聊天时一个男子告诉阿明，他喜欢光顾屠宰屋，想象那里宰杀的不是牲畜而是人类。还有人向他坦承自己的念想是被一个女人杀死、吃掉；为了满足他，阿明新建了一个电子邮件账号，假装自己是个女人。

“我是一块高大、结实的人肉，寻找一个身体强壮的男性厨师，愿意以我为食饱餐一顿。”一个想被吃掉的人用他的Hotmail地址写道。

这个“地狱食客”还跟别人说，他梦想“被放在巨大的烤架上炙烤（越热越好）”。

叫自己“鼻烟”的丽萨，宣称她正在“寻找一个真正的施虐狂和食人者，愿意长时间地折磨我，比如割掉我的脚趾和手指……拔掉我的牙齿，这样我就不能咬你……还有，越多越好……”这位二十二岁的女士还告诉读者，为了让自己得偿夙愿，她可以“到任何地方去”。

“Stevo”发了一个题为“吃我肉”的邮件：“这则信息写给任何人，无论男女老少，只要他们愿意以我为理想中的肉食。我年仅十八，肉质鲜嫩、可口，渴望被吞食。如果你愿意以我果腹，请给我发信息，我将一一回复如何吃掉我的问题。”

弗兰基立刻用他的蹩脚英语回复说：“你好，Stevo，我是德国人弗兰基。我对你很有兴趣，告诉我更多你的情况，身高、体重……我会杀死你，吃光你可口的人肉。”

来自荷兰海牙的“Tufke”用他的Hotmail地址发了一封邮件说：“任何想吃掉一个十八岁美味男性的人，不管用什么方式，只要告诉我当你将我的淫荡好肉吞咽下肚时你内心感觉如何，我就会回复你，然后我们就能商谈具体的安排事宜，请吃我！”

Tufke的邮件引起了阿明的兴趣。“Hi，我是德国人弗兰基。我会吃掉你。告诉我你的身高和体重，最好寄一张你的相片给我。请问你是哪里人？我希望你能快点来找我，我是一个饥饿的食人者。——你的屠夫，弗兰基。”

读到这些东西让阿明大受鼓舞，他认为该是做点自我宣传的时候了。在食人者论坛的个人专栏栏目里，他用弗兰基的笔名和antrophagus@hotmail.com的邮件地址，一口气发了六十条广告。Antrophagus的意思就是“食人者”，来自希腊语anthropophagos一词。广告题为“寻找年轻男子”或是“寻人宰杀”。

“Hi, ich bin Franky aus Deutschland, ich suche nach jungen Maennern zwischen 18 und 30 Jahren, zum schlachten,”阿明在其中一则广告上写道。“Hast du eine normal gebauten Koerper, dann komme zu mir, ich schlachte dich und esse dein koestliches Fleisch.”

然后他试着将广告翻译成英语：

“我是来自德国的弗兰基，在找一个年轻小伙子，年纪在 18 岁到 30 岁之间。只要你有正常体格且愿意赴死，那就来找我，我会杀了你，将你吃个精光。”

他的其他广告有如下类似信息：“寻找花样年华、体格健壮、想被我吃掉的男子。如能附上个人近照更佳。”或是：“寻找体格健壮的男士，年龄 18 岁到 30 岁，供我宰杀。”还有的广告更言简意赅：“同性恋男士寻找 18 到 30 岁的美男子宰杀。”

阿明很快收到了第一个回复。一个叫“Matteo”的人说，他愿意被弗兰基折磨、杀死和吃掉。还有个女人联系他想被宰掉，但被他回绝了；他只想吃男人不想吃女人。他寻找的是年过十八、自愿被杀的男士。各方回复纷至沓来。他们称自己为“Schlachtjunge”，“肉童”之意；或是“Maedchenfleisch”，“女人肉”的意思；更简单的是“肉食”。回复者有叫“汉尼拔 Lektor”、“bbq 烤肉”、“scalloped2”的，更有人巧妙地起名为“吃我为食”（“eatmefordinner”）回复阿明的邮件。他们大都是被人肉的想法撩拨起性欲的年轻人，想被阿明像动物一般杀掉以求刺激。

由于要给那些写信过来、志愿做其肉食的人回复电子邮件，阿明到了晚上忙碌万分。最终，有 204 人愿望牺牲自己，让阿明大快朵颐。另外，还有 30 个人愿意帮他干宰杀的活，15 个人则只想在一旁观望。

阿明冷静地做安排，好与这些申请人会面。

他大概安排了三十场会面，以便更好地了解他潜在的受害者。他开车到德累斯顿、汉堡等德国城市，最远到过荷兰。他也要求他的新朋友们过来找他。但所有会面都成了泡影。进入食人者聊天室的人里，只有极少数几个愿意坚持到底，在真实生活中与他会面。

2000 年 7 月，阿明认识了菲林根 – 施文宁根的“雅各”。这个三十一岁的饭店厨师认为他的同事们可能愿意被吃掉。他和阿明用电子邮件交流，讨论怎么用一把锤子将那些年轻人击昏，然后剁碎他们的身体。

“年轻人的胃，里面填满了肉馅，真是一道好菜。”雅各说。

“我简直等不及了，真想马上用我的舌头尝到那些嫩肉。”弗兰基回说。

阿明希望雅各能牺牲自己供其屠宰，因为他貌似是一个理想的宰杀对象。他还担心雅各的同事们最终不愿被做成一道道菜。

“你是否在假日里杀过年轻人?”有一次雅各问。

“这是我从不在假日里做的唯一一件事，”弗兰基回答说。“你是不是认为我偷偷溜出去过，我想杀死、吃掉一个年轻人?”弗兰基继续用他的蹩脚英语说，还戏弄雅各说由他弗兰基这样一个外行来杀人，没准会坏了他们的好事。

正在兴头上的阿明说服了雅各过来见他。两人先在汽车旅馆里见面，然后在卡塞尔的一家饭店，最后在农舍里。阿明将雅各绑紧，向他详细描述了他皮肤下肌肉的分布，还用彩色笔在他裸体上标出了各块肌肉的分布处。他一次次试着说服雅各束手被宰。但他的努力颗粒无收——雅各抱怨说他的脚踝受伤了，他不愿意。他只想玩一把虚的，这让他觉得刺激，他对阿明说。他才不想真的在现实中被人宰掉吃了。

阿明给雅各松了绑，让他走了。

只有自愿被杀的人，他才会动手。

转眼到了 2001 年 2 月 5 日，阿明发现有一封邮件不同寻常。“CATOR99”宣称：“我甘愿献出自己，让你就我的身体美餐一顿。光宰杀还不够，吃掉我！”Cator 的言下之意表露无遗，而且充满挑衅。阿明立刻回了封信说自己很有兴趣，还询问了 Cator 的详情。在真实世界中，CATOR99 就是伯尔尼德·尤尔根·布兰德斯。

“我三十六岁，身高 1 米 75，体重 72 公斤。希望你严肃认真对待此事，因为我真的很想这样。”Cator 回复说。

最后一句话阿明读了又读，“因为我真的很想这样”。跟他以前的通信者不同，Cator 不像是在玩游戏，享受被人吃掉的虚拟快感；他是来真的。

“过去也有很多人感兴趣，但没有几个是玩真的。”阿明写信说。

“任何真想这样做的人，需要一个真正的受难者。”Cator 说。

阿明向伯尔尼德倾诉他的折磨幻想。两人互相交换裸体照。阿明还给伯尔尼德寄去了他的牙齿照片。“我要紧紧咬住你的身体，咬掉你的舌头。”他在电子邮件里说。

“那不是地狱，而是人间天堂。”伯尔尼德回说。

“那是我最大的乐趣，”阿明说。“让另一个人在我身体里，这让我兴奋。”

“好极了。”伯尔尼德说。

“妙极了。”阿明回说。

事情似乎很简单。伯尔尼德想被阉割和吃掉；阿明正好想吃人。他们在网上做了一个协定，满足彼此的愿望，并开始安排会面。伯尔尼德将于 2001 年 3 月 9 日、星期五抵达罗滕堡。阿明简直等不及了。“我生来就为了此事，”弗兰基说。“我终于能实现人生的目标了。”

“我是你的肉食。”伯尔尼德回说。

不用多说，他们的关系已亲密无间。在互联网上认识不过一个月，他们就决定在现实世界中赤诚相见。

7
屠宰屋

阿明认为他有必要建一间屠宰屋。他朝着杀死、吃掉一个年轻男性的梦想又迈进了一步，为了实现这一目标，他得确认他拥有合适的工具和环境。

他翘首以盼的那个人（在食人者烹调史上他们被通称为“长肉”，如果再年轻点，则被称为“无毛羔羊”）重约 100 到 200 磅之间。阿明从食人者网站上读到过，这一重量级的“人肉”一个人应付绰绰有余。网上搜索结果还告诉他，人类尸体的提取切割需要极大的时间、精力和空间。

阿明在母亲的房子里搜寻合适的地点，以创建他的人类屠宰场。农舍二楼的烟熏房最合适不过了，他最后决定。阿明平日里很少上到二楼，屈指可数的几位访客也甚少光顾。将屠宰屋放在二楼还能让它（还有他隐秘的人肉铺）躲开邻居或同事们的好奇观望。

虽然他们偶尔会上门喝杯咖啡或吃块蛋糕，但他们没有上楼的理由。

二楼废弃的烟熏房——像阿明家这么古老、宽敞的房子，拥有这么一间烟熏房再正常不过了——阴暗又潮湿。墙上的油漆和灰泥斑驳脱落，透出阵阵湿气。混凝土地板冰冷可怕。但这个房间却极对阿明的胃口。只需小小翻修一下，就能变成他理想中的屠宰屋。

但他的室内装修和设计理念，却很难让人拍手称道。

他在房间里装上挂肉钩，用于悬挂整具尸体或大块人肉。他还建了一个肉槽，用于排干届时将从他的受害者身上喷涌而出的人血。他拖了一张生锈的铁床到房子中间；卷曲的金属弹簧上铺了一张蓝色的花式床垫和一条被子。这将是伯尔尼德牺牲时的祭坛。阿明还在床上放了绳子和皮带，必要时他可以绑紧伯尔尼德，限制他的动作。

他在床垫两边摆了两个床头柜。一个柜子里，他放了本《费克斯和福克西》的动物漫画书，讲述的是两只卡通老鼠淘气的小冒险，深受德国小孩和阿明的喜爱。另外一个，他放了一个柠檬味的房间空气清新剂。他不想房子闻起来有股霉味。他在床脚处放了两个电热器。阿明还在和一个叫 Matteo 的人通信，后者仍然抱持想被活活烤了吃的幻想。一旦真有机会阿明不想放弃，一定会实现 Matteo 的梦想。

他在墙上钉了两块木板，组成十字架的形状。在十字架上钉上真人大小的假人（他从网上买的）。一边翻修，阿明一边想象伯尔尼德被吊在那里，一丝不挂、脆弱不堪，就像那个毫无生命的假人。他不忘在天花板上装了一个滑轮，这样他就能将伯尔尼德倒立着拉起来。

一张旧的金属桌届时将成为阿明的屠宰桌。桌上的小洞刚好可以让血排到混凝土地板上。他的大部分工作，阿明推想，只需几个简单的工具就能完成，比如锋利、磨光的小刀和他母亲留下的斧头，他已经从厨房里拿过来了。他整齐地将他的屠宰工具摆放在桌面上。

阿明用一把旧雨伞的部件和电视天线做了一根鞭子。他又从Beatse Uhse性用品商店买了一根有九个钉子的鞭子，如果有人需要，他可以用这把鞭子制造足够的惩罚。最让他得意的是一个木头笼子，他自己做的，放在屋子的墙角处。他还用另外的床垫制造隔音效果，以免伯尔尼德的痛苦尖叫声被人听到。他打开收音机，将音量放到最大，然后离开屋子，以检测隔音效果。效果很好。什么声音也听不见。

阿明很满意自己的改造工作。他拍下这个折磨人的房子照片，连同可以烤人肉的电热器，一起寄给Matteo，希望能引诱他前来参观。

Matteo没有回信。事实上他自此再也没有回过信。

阿明将屠宰屋的照片用电子邮件寄往别处，还在网上张贴这些照片。他开始受到关注。一些打算献身的人想参观屋子；阿明告诉他们，他会在他们身体上画线，标示出他能下手宰割的地方。他继续浏览食人者聊天室的帖子，在他的肉食到来前打磨自己的胃口。他和 Balu 聊天，后者叫嚣着聊天室的人赶紧“给我发电子邮件，因为我得到了一些新鲜好肉”。

他还和“bbq 烤肉”通信，后者仍在寻找一个人类屠夫“将他活活撕开、切碎、吃掉”。一个叫“Gangre”的人告诉阿明和其他看他邮件的人说，他正在找寻“一个真正的大厨，愿意烤一团男性活肉”，还问“有没有人敢站出来”。一个回复了阿明邮件的人请求阿明杀了他。他被拒绝了，因为阿明看了他的照片后，说他“太肥了”。

阿明现在有本钱对他的食物挑三拣四了；全人类就是一大群牲畜等着他挑，他知道自己想吃谁。伯尔尼德自己送上门后，阿明就确信自己找到了牺牲者。很快他身体里就会有一个替代者，代替多年前就已离家的兄弟。他也能填补母亲死后的空虚。吃了伯尔尼德，他就不会孤独了。不仅如此，他还能继承伯尔尼德的精神和品质，他是这么想的。

阿明从书上读到过，待宰的牲畜都会被关在一个严密控制的环境里，以仔细监控它们的健康和饮食状况。人类当然不会受到这类对待。但这意味着人类易于受到大范围的疾病、感染、化学成分失衡以及像抽烟酗酒这类不良习惯的影响。阿明得出结论说，为了吃到最好的伯尔尼德，新鲜度至关重要。他必须确保事前四十八小时内伯尔尼德不能进食，在他们见面前只能喝大量的水。这一禁食将有助于他清洗身体系统，排出体内储存的毒素和垃圾，也让他的放血和清理工作更易于进行。

最麻烦的一点是伯尔尼德的年龄。伯尔尼德说过他已经三十六岁了——从新鲜人肉的生产过程看，这远远超过了阿明理想中的“保质期限”。农场里没有一头牲畜能活到三十六岁或以上的高龄。六到十三个月是最习见的宰杀期限。动物越年长，肉质就会失去娇嫩度，变得生硬磨牙。但伯尔尼德的体格看上去不错，身体状况也良好。他说他常到健身房锻炼，他的照片也显示出他身材匀称、肌肉发达。伯尔尼德也不会太瘦。阿明想要他的牺牲者有一定量的脂肪，这会让肉质更多汁、可口。

还有，阿明不清楚他能从伯尔尼德身上得到多少肉。人类不是为了他们身上的肉而被喂养、长大，因而肯定不能像猪或牛那样提供那么多肉。平均来说，一头1000磅的公牛大约只能提供432磅的可售牛肉，他以前读到过。人类还有一点与动物不同，他们拥有宽大的骨盆和肩胛骨，这也给取肉带来了困难。

阿明从当地的动物屠宰场学习经验，以决定最佳的屠宰方式。他（未经许可）观察屠宰场的牲畜怎么被绑在一起，被人又推、又踢、又骂，赶下斜坡台赴死。有的被砍头，有的被烧死，有的头被埋在地里窒息而死。阿明觉得这些方式都不理想。他想让伯尔尼德漂漂亮亮的死去。他想帮助伯尔尼德摆脱尘世的羁绊，尽量用最不痛苦的方式让他离开人世。他不想让他承受任何不必要的痛楚。另外一种选择是伊斯兰教的屠宰方式：割断喉管、流血至死。流血而死的方法也能使尸身受到最小限度的损害。阿明推想，如果伯尔尼德失去了意识，然后流血而死，他就不会感受到什么痛苦。他能用最人道的方式，割断伯尔尼德的喉管，杀了他。

牺牲者一死，他就准备将他吊起来。先是脚，然后手，最后才是脑袋——他知道这种方式被称为“盖恩吊法”。然后阿明会在手上和脚上打几个简单的绳结。伯尔尼德的双腿必须分开，这样双脚张开的幅度才能超过肩膀，两条胳膊则大致与双腿平行。这样便于从骨盆处取肉，两只手也不会碍事。

至此阿明觉得万事俱备。他的人类屠宰场大功告成，舞台也已设置好。更妙的是，他那心甘情愿的同谋抵达的日期正一天天逼近。

8

伯尔尼德，肉

伯尔尼德·尤尔根·布兰德斯的人生开局可谓一帆风顺。他出生于德国大都市柏林的一个中产之家，父母都在医学界饱受尊敬。他们都想让自己的孩子接受正统教育，也有这个财力。伯尔尼德的父亲是柏林齐伦多尔夫区的一个全科医师。母亲则是当地一家医院的麻醉师。

但是1963年，伯尔尼德五岁时，他幸福、稳妥的童年生活被打碎了。他的母亲在工作上出了差错；她的一次失误导致一个病人死去。犯下这种职业失误，她无法原谅自己，于是决定举家短期搬往叙尔特，北海北弗里西亚群岛中最大的一个岛。小伯尔尼德喜欢海边的风景，笑逐颜开地在沙滩上堆砌沙堡，在海浪中戏水，享受这里的大好阳光和新鲜空气。远离家门让他兴奋，而且父母亲还能有工夫陪他玩。但是，他的母亲始终不能释怀。即便这牧歌美景也不能让她分心，为她解忧。

就在这个假期，她开车撞到树上，与世长辞。

伯尔尼德的父亲从不认为这次撞车事故是一场意外。他的妻子是自己结束了生命，他经常这么说。在她的病人死后，她承受不了困扰着她的那种负罪感。

伯尔尼德的世界一夜之间倾覆了。他不再受佑于无往不胜的父母：妈妈去哪了？为什么不过来抱他、跟他玩搔痒的游戏，像过去一样？为什么她晚上不来给他暖被窝，睡觉前给他读故事？跟许多小孩一样，伯尔尼德将母亲失踪归咎在自己身上。一定是他犯了什么错，他想，才导致母亲离开。他必须为她的死负责。父亲则从未纠正过孩子的这种想法：事实上，他从未与儿子谈论过母亲死了的事。孩子太小了还不能理解，他辩解说，而且这么小的年纪，不能再让他受到创伤。于是伯尔尼德学会了不与父亲谈论自己内心的不安，或是更深层次的情感，也学会了如何隐藏任何消极的情感。

这一教训他一辈子也忘不了。

伯尔尼德内心假定的、母亲之死的负罪感，在其心智发展上留下了难以抹去的印记，也顽固地嵌入他严重精神疾病的胚胎。还是一个小男孩时，他就开始将他的性体验、生殖器和母亲的死联系在一起。母亲的死他唯一能补偿的，就是让自己也撒手西归，或是遭受无尽的苦难。伯尔尼德开始幻想自己被宰杀、吃掉。这种童年时的先入为主日后逐渐蜕变成一种强烈的自毁倾向。

母亲死后，伯尔尼德的抚养和教育寄托在那些来家打工的女孩手上。第一任妻子死去三年后，伯尔尼德的父亲才续弦。伯尔尼德和新继母相处融洽，跟他对待大多数人一样。他是一个友好、随和的小男孩，举止上无可挑剔。他的父亲没有意识到，内心深处，他的儿子麻烦可大了；对儿子的抑郁和自毁他无知无觉。也难怪，大多数认识伯尔尼德的人都认为他是一个快乐的小家伙，珍视生命。

伯尔尼德的校园生涯波澜不惊。这个勤奋的学生高分通过了高中毕业资格的考试。他教育履历的下一站是柏林科技大学。他选择的专业是电子工程。1986 年他获得一个好学位，成为一名工程师。所有这些都指向了一个光明的前途。

还在学习期间，伯尔尼德就确保了西门子公司的一个工作职位，那是德国最大的工程技术公司。他喜欢开发计算机软件的工作，大学毕业后立刻向西门子申请了一个职位。这名大学毕业生很快在公司的柏林基地获得了一份全职合同。这是伯尔尼德在西门子十五年工作生涯的开端，他负责为电话系统测试软件，成长为电信领域的一位世界级专家。

这名年轻大学生很快获得了上司的赏识。工作仅四年，他便被提拔为部门主任。手下八名员工都以他们的头为荣，认为他是一个友好、明智的经理人。其他同事也喜欢他，尊敬这位合群、严谨的软件开发工程师。伯尔尼德还喜欢在办公室里讲笑话、开玩笑。而且，他真的很喜欢这份工作，时不时为自己研发的系统自鸣得意。

伯尔尼德从未向同事透露他的内心痛楚和自毁倾向。在其同事眼里，他只是一个再正常不过的工程师，领有一份不菲的薪水，享受布尔乔亚的生活方式，拥有良好的社交生活。伯尔尼德经常与同事聊天，谈论他的长期女友阿丽亚娜。两人通过柏林城市杂志《TIP》的个人广告，于 1987 年相识。

第一眼看去，这好像不是爱情，但两人处得很好。比伯尔尼德小三岁的阿丽亚娜对他说，她喜欢他的理由是："他是一位思想者、好的聆听者，属于随和、顾家的类型"。她跟朋友说："他让我稳定、安心。"

引力总是相互的。

"我想你搬过来一起住，"约会一年后伯尔尼德对阿丽亚娜说。两人关系越发密切，琴瑟和谐，即便在床上也是如此。阿丽亚娜唯一觉得奇怪的是伯尔尼德与他父亲的关系。父子俩冷眼相向，彼此隔绝。即便已是成年人，伯尔尼德仍不敢告诉父亲他抽烟了。父亲一向反对抽烟。但伯尔尼德在电脑前度过的每个晚上，手边的烟灰缸总是满满当当。伯尔尼德喜欢玩电脑。他甚至还建了一个电脑俱乐部，名为"城里最好"，吸引了大概一百二十个柏林人加入交友。

在一起几年后，伯尔尼德和阿丽亚娜开始渐行渐远。他们之间似乎已没有共同话题。两人找过心理医生，但于事无补。伯尔尼德不想与心理医生谈论他的情感。阿丽亚娜这时则患有多重硬化症，两人维持了将近七年的关系，终于在 1994 年戛然而止。伯尔尼德只消停了三个月，就开始四处寻找新伴侣。

"我一个人过不下去，"他对同事安吉拉·霍贝克吐露真言。"我准备开始寻找新伴侣。"

伯尔尼德为了找到阿丽亚娜的替代者，仔细查阅孤身男女的交友启事。他开始组织晚餐约会，希望能找到新伴侣。终于在 1996 年 10 月，他遇见了佩特拉。她比伯尔尼德小十二岁，人很有趣。伯尔尼德也对佩特拉充满爱恋，注意力全在她身上。但是当伯尔尼德 1998 年实话实说，两人的关系终于无法挽回。“我对男人有感觉。”伯尔尼德对他的女朋友说。

伯尔尼德的自白毁了他和佩特拉的浪漫关系。他的兴趣转向了新人丹妮娅。伯尔尼德跟他的同事吹嘘说，他跟她上床时试了“各种高难度动作”——但他不敢承认，无论佩特拉还是丹妮娅，她们都无法满足他的双性欲。

伯尔尼德的爱情生活每况愈下。他日渐衰老，但始终没有找到合适的另一半。于是他转向互联网和在线约会，希望能找到对象。如果需要，伯尔尼德心里想，他甚至可以付钱给合适的人。毕竟，他薪水不薄，手有余钱。他开始通过互联网与一个女孩约会，还赌了六千马克说能让女孩从尼日利亚来德国。但是当他到机场准备接人时，女孩却无影无踪。相反，他碰到了另一个男人，也落入了同样的美色陷阱。

伯尔尼德火冒三丈。他的同事也很难忍住不笑。

“我打算飞到那个鬼地方，看看我的钱都跑哪去了。”伯尔尼德愤怒地对同事斯蒂芬·波梅雷宁说。

伯尔尼德登了更多的个人广告。他的努力没有白费，让他碰上了亚历山大。这位三十一岁的出租车女司机在很多方面都对伯尔尼德有吸引力。亚历山大当时正在学跳伞，也想说服伯尔尼德一起学。但两人结伴去了旱冰场。“你是我见过最好、最可爱的人。”亚历山大对伯尔尼德说。但时隔数月，两人的浪漫关系又动摇了。亚历山大总觉得缺了什么东西。直至他们分手后，亚历山大才获悉伯尔尼德性倾向的混乱。“我是双性恋。”他告诉亚历山大。再往后，当他们还保持朋友关系时，伯尔尼德告诉她自己是同性恋。

伯尔尼德终于明白，男人才是他的性偏好。现在他开始全力寻找男性伴侣，积极探索他的同性恋一面。

没过多久，他就找到了一个合适的伴侣。

伯尔尼德在一个派对上认识了二十七岁的热内·亚斯尼克。两人立刻擦出火花，如火如荼。职业是面包师的热内，有一头乌黑的头发，左耳垂上戴了一个耳环。他在体格上很像伯尔尼德的前女友贝蒂娜，大腿肥胖、下身粗犷，与他短钉发的发型和眼镜恰成鲜明对照。热内和伯尔尼德有共同的兴趣爱好。他也喜欢上网，两人就一起在家里架设了一个局域网。热内至少比他年轻十岁，但伯尔尼德安静、保守的方式打动了他。让他有一种安全感，不像他以前在同性恋圈子里碰见的那些人。某种意义上，伯尔尼德令人尊敬。

热内成了伯尔尼德的长期伴侣。两人建立了一种快乐、和谐的关系，1999 年年末，热内搬进了伯尔尼德在柏林滕珀尔霍夫区的公寓。他们貌似完美的一对，时隔不久开始表现得像是一对老夫老妻。晚上大部分时间他们消磨在电视机前，偶尔出去看场电影；这时热内有意避开过于招摇的同性恋圈子。他们一周做一两次爱。在他们的亲密时刻，没有人试着想把折磨和痛苦带入其中。

伯尔尼德一直没让同事知道他与热内的关系。他依旧在办公室里吹嘘他跟女人的艳遇，他的同事们自然也认定他是异性恋。伯尔尼德跟同事安吉拉说过，有个男性朋友跟他一起住在公寓里。但这不必然意味着他是同性恋，安吉拉想。

伯尔尼德现在好像有一个稳定的家庭生活，能让他从容追求职业上的成功、经济上的富有。在一起两年后，伯尔尼德和热内好像还是很快乐。未来的规划不可避免地展开了。两人开始盘算他们上哪过暑假。

当西门子公司奖励了伯尔尼德一笔一万五千马克的利润提成时，热内高兴坏了。伯尔尼德决定将钱花在他们的家里和热内意想的他们的未来上。他们为公寓新买了一台电视机、一套立体声音响、移动电话、一个冰箱和一台电脑。伯尔尼德还花了 899 马克，买了一辆银色的山地越野车，打算去健身馆健身。毕竟他已经四十岁了，他害怕失去他的性吸引力，开始疯狂地锻炼身体。

身材苗条、一头黑发的伯尔尼德开始在工作时吹嘘自己肌肉发达，还称已把自己的小肚子练成了肌肉条块分明的洗衣板。当他注意到自己开始秃顶时，他索性将头发剃个精光。当他第二天光着头走进会议室时，安吉拉、斯蒂芬和其他同事几乎认不出他。

伯尔尼德得意洋洋。

他喜欢引起别人的反应。

伯尔尼德的同事们——还有热内——都对困扰他内心的混乱不安一无所知。他们也不知道他卧室之外的性喜好。伯尔尼德花在男妓上的时间越来越多，通常他在西站，即柏林最大的火车站外物色男妓，这些情况任何他亲近的人都不知情。

与阿丽亚娜分手后，伯尔尼德开始流连于该地区的男妓。到了1999年，他对他们提供的性服务的依赖逐步升级；最多时他一天三顾火车站，与那些男妓鬼混，满足自己的幻想。跟男妓在一起，伯尔尼德另一个隐秘的自我得到发泄；他让自己遭受折磨，以表达他自我价值的缺失和欲被羞辱的渴望。

伯尔尼德在那堆男妓中找到了自己的所爱。

其中一个是身材挺拔、有异国容貌的伊曼纽尔，他早在1995年秋天就勾搭上了他。伊曼纽尔体格匀称，是一个波多黎各人，有一头乌黑的卷发，衣着时髦。伯尔尼德与他的友谊远远超过了用金钱支付的性快感。两个人喜欢互相说话，外出散步，去迪斯科舞厅或电影院。从他结识伊曼纽尔开始，伯尔尼德萌发了令人不能容忍的非分之请，随着两人友谊的深入而变本加厉，要求更加暴力的性行为。他先是催促这个男妓威胁要鞭打他。伊曼纽尔同意了。接着伯尔尼德又开始逼迫伊曼纽尔真的鞭打他，直到他流血。

“只有当疼痛让我无法忍受时，你才能停止拷打我。”伯尔尼德对高高的波多黎各人说。

伯尔尼德的要求永无休止。他已经打开了通往他内心最深处幻想的那扇门，释放出了一股无法被控制的性欲之流。他的索求日益演进，围绕着他欲被阉割的终生渴望。

“咬住我的鸡巴，咬掉他！”他命令伊曼纽尔。

伊曼纽尔依言行事，假装自己是一个饥饿的食人者，千方百计迎合伯尔尼德的需要；对于那些有极端幻想的客户不同寻常的非分之请，他早已安之若素。他才不相信伯尔尼德真的想被肢解呢。直到有一天，伯尔尼德更进一步，带了一把剔骨刀来见他。

“随便砍——你爱用那把刀干吗就干吗。”将刀递给伊曼纽尔时他说。

从那时起，伯尔尼德不停地哀求伊曼纽尔割他、咬他或吃掉他的鸡巴。为了让伯尔尼德高兴，那位男妓扮演了各种不同的角色，但他从未梦想过真的去执行伯尔尼德的请求。他对伯尔尼德的看法也改变了；不再觉得他是一个矜持含蓄的人，而是一个沉溺于性、郁郁寡欢的个体。

古巴人维克托·恩里克也认为伯尔尼德是一个好人，除了在满足自己的性幻想上有点麻烦。三十八岁的维克托是伯尔尼德的另一个亲密男妓。伯尔尼德也逼迫维克托用牙齿咬断他的阳具。维克托拒绝了。伯尔尼德越发孤注一掷，在2000年12月时答应给维克托一万马克，条件是咬掉他的生殖器。再次被维克托拒绝后，伯尔尼德又提高了筹码，答应将车子和电脑都送给他，只要他奉命行事。维克托此后断绝了与伯尔尼德的联系。他意识到他顾客的请求越来越病态。

伯尔尼德另辟新天地，以满足他的受虐欲。互联网貌似是最合适的通路。当热内凌晨一点半离家去面包店工作时，伯尔尼德打开电脑，浏览性折磨网站。他用“Cator”、意为“生来为肉”的假名登录食人者聊天室。跟阿明一样随即成为聊天室的常客，出没于“食人者咖啡屋”等聊天室，一整晚一整晚与性情相近的人聊天，讨论他们的自毁倾向和他们对痛苦、羞辱和支配的渴望。他还开始在聊天室张贴广告，找人与他一起分享他淫邪的性幻想。“寻找有男子气概的男士帮我离开这个世界”，他在假名下这么写道。

2001年2月，伯尔尼德看到了阿明“寻人宰杀”的广告。他读到阿明正在找寻一个“年轻、体格健壮、想被吃掉的男人”。他立刻回复。愿意将自己献给阿明，还坚持说自己是严肃认真的，虽然他在邮件里对自己的年龄撒了谎。他跟阿明（或弗兰基）少报了六岁；他知道阿明找的是年纪三十岁以下的牺牲者，而他已经四十二岁了。

两人的电子邮件交流直白而坦率。“还是小孩时我就想被人杀掉吃了，”伯尔尼德向阿明坦承。而阿明也承认他吃人的欲望也是小时候就有了。

伯尔尼德仔细浏览阿明寄给他的牙齿照片。

“我已没有退路，只能前行，穿过你的利齿。”伯尔尼德宣告。此刻他已做好准备愿意做一切事情，只求实现将自己无用的生殖器一口咬掉的毕生梦想，即便他还得签一份有效的死亡协议。这将是毁灭的类型之一，也是他自我冲突的顶点。

这百年不世出的一对开始进行会面的详尽安排，一起出演他们的奇幻剧。

9
愿你觉得我美味可口

2001 年 3 月 9 日，好不容易盼到了天亮。伯尔尼德和阿明醒来后双双意识到，今天，他们期待已久的今天，可能将永远改变他们的人生。

卧室窗外响起了城市苏醒的声音，伯尔尼德侧耳倾听，觉得自己出奇的镇定。邻居的车子开出了车道，乘公交车上下班的人走出家门，开始新的一天。他在床上翻来覆去，注视着正在身边熟睡的伴侣热内。伯尔尼德轻声爬出被窝起床时，热内没有醒来。两人早已习惯在不同时间起床，因为热内在面包店上的是早班，而伯尔尼德则是标准的“朝九晚五”。伯尔尼德不想叫醒他的伴侣；他不愿热内问他一堆问题，或是动情地恳求他改变主意。母亲不说一声再见就从他的生活中消失，伯尔尼德也想这样。

他轻声在公寓里走动以免吵醒热内。他洗了一个很长时间的澡，小心翼翼地刮脸免得弄伤皮肤，还洒了他最喜欢的剃须爽肤水。伯尔尼德看着镜子里的自己。一个富有魅力、气色良好、年过四十的中年男人也在盯着他，但是抛开他居住的高级公寓、躺在他床上的男人对他的爱、还有他所负工作的责任，他仍然讨厌自己。伯尔尼德穿了一身随意、休闲的衣服，这是他标准的星期五办公装备；很多西门子员工星期五穿得比他还随便，以期待明天周末的到来。伯尔尼德想穿得让自己更有吸引力，但又担心如果恰好撞上邻居或同事，会招惹不必要的注意。他不想让任何人怀疑有什么异常。

他在脑海里默默清点了一遍，确定没有留下什么能透露他下落的线索。他有两点考虑：他不想让人知道为了被阉割和被湮没，他投入了死亡的怀抱；他想争取到更多的时间。他不清楚要历经多长时间，阿明才肯杀他。而在这段时间内，他不想有人追踪到他。想到这他打开电脑，销毁了所有文件。他清空了浏览器的历史记录，隐瞒他经常登录食人者和性拷打网站的事实，他还从电脑硬盘上彻底删除了他跟阿明的电子邮件往来。轻击几下鼠标，他们一个月以来渴望人肉的书面表白、如何满足对方的详尽计划，通通消失了。接着伯尔尼德又读了一遍遗书，四处找藏遗书的地方。他不想让热内一下子就发现这份法律文件。伯尔尼德几天前刚立下遗嘱，还经过了官方公证。他将大部分财产留给了他的同居伴侣。热内不仅将继承伯尔尼德的这套奢华棚屋，还有他价值五万美元左右的计算机设备。其他东西大部分被伯尔尼德卖掉了，包括他的运动型跑车，卖了几千欧元。他将现金和护照放在后口袋里。如果有必要，他会付钱给阿明求他断了他的命根子。他的护照则能向阉割者表明他的身份。

伯尔尼德最后瞥了一眼热内离开了，他还在睡大觉。

热内从空荡荡的床上醒来，期盼着即将到来的周末和两人厮混在一起的短暂安静时光。他起床走到厨房做点早餐。伯尔尼德没提到那天有什么特别会议，因而热内认为他会准点回家。没准晚上他们能去看场电影，热内心想。浑然不知伯尔尼德今天已决定离开他和这个世界。热内不知道他的同居爱人有过自杀念头，或是自毁欲望。他只知道，他的爱人不过像平常一样上班去了。

但伯尔尼德不在去办公室的路上。他已经通知了手下他需要离开一天，去“处理一些私人事务”。他跟同事说他将飞往伦敦拜访一位专家，针对他掉头发的问题。同事没有质疑他的动机。他们早已习惯了伯尔尼德的虚荣心和他与日俱增的对容貌的关注。

那天早晨伯尔尼德真实旅程的起点是柏林西站。由于时常在这里勾搭男妓，他对路线早已烂熟于心，但是这回他尽量不与流莺谈话，他们游荡在柏林最大火车站外的街头上。他过去扮演过支配和受虐的角色。这次，他是来真的。机不可失，他想实现一生的梦想。

伯尔尼德买了一张前往卡塞尔的单程票，他约定在那里与阿明见面。

他用现金支付了票钱，这样没人能追查到他的踪迹。

等火车时，他强忍着肚子饥饿的痛苦，压抑住吃东西的欲望。火车站散布着各类小吃摊，出售羊角面包或三明治。他故意不想吃东西，让他的肠胃空空如也。根据食人者网站上的说法，这会让屠宰过程更便利，也会让他的肉质更鲜美。

火车进站了，伯尔尼德上了车，四处瞄一眼，寻找座位。这是ICE 火车，连接德国高速铁路网的现代化火车之一。从柏林到卡塞尔威廉山三百公里的路程不到三小时就能抵达。中途伯尔尼德必须在汉诺威倒一次车。

伯尔尼德斜倚在蓝色、印有图案的火车座位上，试着放松自己。火车出站时，他将头枕在座位的灰色靠垫上，车外的世界加速从他窗边跑过。由于没吃东西，他觉得有点头晕虚弱。一阵头痛从他前额掠过，他的太阳穴突突直跳。他觉得身体突然变轻了，像是与现实世界绝缘。火车上的女乘务员推着车走过，向乘客兜售“咖啡、小吃和其他软饮料”。伯尔尼德视若无睹，闭上眼睛歇了一会，努力想集中精神。乘客寥寥无几。很少有人这么早坐火车去卡塞尔。与他同一车厢的少数几名乘客似乎是外出过一个长周末，兼探亲访友。

伯尔尼德注视着坐在他对面的老女人。她周遭围着报纸和零食，她买了这一大堆东西以在路上打发时间，好像是去女儿和外孙家。如果今天按原定计划行事，我永远不会活到那么老，伯尔尼德可能对自己这么说。即便我死了，我还是那么健康。至少我不用眼睁睁看着自己变成一个老头，身体几乎要裂成碎片，没人帮忙的话什么也做不了。这就是为什么我要决定自己的死亡方式和死亡时间的原因。

老女人似乎察觉到有人在看她，瞅了一眼她的邻座，他正盯着她，表情漠然。她调整了一下眼镜，又一头扎进报纸上的填字游戏里。她从未想过，有朝一日，同样是这份地区性报纸，会塞满了与她对面那个普通小伙子有关的照片和头条。

一个年轻的女列车员走进了车厢，她脑后挽着发髻，穿了一套白衬衫、蓝裤子的工作装，衬衫端正平整。她走过车厢开始检票。当伯尔尼德将车票递给她让她盖戳验票时，她对他笑了笑。“你确定是想买前往卡塞尔的单程票，还是往返票？”她问。

“不，单程票就好，”伯尔尼德回说。“我还不确定什么时候回来。”

谁能知道伯尔尼德在这段旅途中想了些什么？没准他重新回顾了一番他的生活，想起了他与父亲的不和，他对母亲模糊残缺的记忆，或是他的童年？没准想到了他这一生关爱过、很快将被他甩在身后的人。阿丽亚娜，他的长期前女友，现在是热内，他是不是正在公寓里收拾东西准备去上班？没有他，他们可能会活得更好，没准他这么想过。

但伯尔尼德对执行他的计划意志坚定。他感到一种强烈的想被阉割的欲望。他的性特征让他恶心；如果他被吃掉，他的生活和他的身体将一起消失，他可不想让自己的尸体在地底下腐烂，或是装在骨灰盒里躺在某人的壁炉上。他想完全消失。一想到被人吃掉，他能体会到一种反常的支配感。他知道阿明有多么想吃他，这让他感觉到力量。

他有阿明想要的东西。

那个意义非凡的早晨，阿明早早醒来，随便吃了点早餐。他也请了一天的假，正在家里忙碌，为迎接他的“屠宰男”做准备。

当阿明启动汽车，向商店驶去时，肾上腺素在他体内喷涌。他买了足够两个人用的杂货，包括土豆、小椰菜、大蒜、意大利牛肝菌和新鲜的咖啡豆。他还买了一些蜡烛，想给房子和餐桌增添一丝亲密气息。他在商店的红酒架前徘徊不定，最后选了一款南非红酒，像鲜血一样艳红的酒。

阿明开车回家，开始打扫厨房和客厅。他检视了一番屠宰屋，确定是否万事俱备。他拂去那张临时屠宰桌上的灰尘，磨光他的厨刀。他用手指试了下刀刃，检查它们是否足够锋利，然后将它们摆在桌上。他希望伯尔尼德能跟他一样，喜欢这个自制的屠宰场，还有挂肉钩和血槽。他漫不经心地摆弄用一个钉子钉在墙上的假人。没准他能将伯尔尼德的脑袋吊在这里？终于，他有了一个真人让他肢解和吞食！他不用再演戏，以假为真了。

阿明打开楼底下的电脑，重读之前与伯尔尼德往来交流的邮件和幻想。“任何真想这样做的人，需要一个真正的受难者！”伯尔尼德曾用 Cator 的假名这么写道。阿明开始担心起来。伯尔尼德真会自愿赴死吗？他看起来像是一个真正的屠宰牺牲者。但要是到时他没有出现在车站呢？阿明过去不是没被人放过鸽子，他们信誓旦旦说会见他，但都在最后时刻退缩了……

阿明深吸了一口气，放松头脑。

然后他坐进车里，向卡塞尔火车站开去。

卡塞尔有两个大的火车站：阿明前往的是新建的ICE威廉山火车站，在市中心往西三公里远的地方。这是ICE高速列车的主要转运点之一，源源不绝地将金钱和生意输送到这个正在重建的富尔达河小城，而此地又在德国金融中心法兰克福以北九十分钟车程的地方。他在月台上等待白色的ICE列车进站。他对了对表。火车准点到达。他看着乘客陆续下车。他们提着大包小包，跟等着接他们的爱人接吻致意。伯尔尼德的身影终于在火车尾部一群下车人的身后出现。阿明向伯尔尼德招手，他微笑回应，快步向阿明走去。

要认出对方很容易：他们已经仔细欣赏了彼此的裸体照。

阿明盯着眼前一头黑发、身材优美的男人。他比照片上的好看！他思量着不知道说什么好。伯尔尼德扫了一眼面前那个瘦削憔悴、戴着眼镜的男人。“我就是你的Cator。我是你的肉，”他说。“希望你能觉得我可口美味。”

10
屠宰屋

阿明松了口气；伯尔尼德没有转变心意。两人沿着月台走上一个斜坡，进入火车站大厅。两人觉得在一起很自在，早在见面前他们就心知肚明：他们就像双胞胎、地球两极，能各取所需。阿明觉得伯尔尼德很有吸引力，即便他不是“他的类型”，这是就他不够高和头发不是金色的而言。但他对伯尔尼德的好身材印象深刻。伯尔尼德则为阿明看起来像一个绅士、是那种他能与之相通的人而高兴，无论在朋友还是情色的意义上。他们经过一个快照亭，一个卖新鲜出炉面包的小摊。小摊上贴满了“弗兰基的 Brezelpoint”的广告，还许诺自己的面包“美味可口”。

“我希望那个弗兰基也能发现我和他的面包一样美味可口,”伯尔尼德开玩笑说。接着他问阿明，“你家里有止痛药或安眠药之类的东西吗？我需要足够的药片让我不省人事，抵抗痛苦。我不想在宰杀的过程中有任何感觉。我想神不知鬼不觉地离开，没有任何痛苦。”

“我家里有一些，但可能不够，”阿明回答说。“街角那就有一个药店。我们再去买点，以防万一。”

“我家里还有一瓶 Wicks MediNait 药水，”阿明继续说。“你知道，就是那种当你咳嗽或感冒时吃了帮你入睡的东西。我觉得那东西里有酒精。要不我们买瓶酒怎么样？没准到时能派上用场。白兰地还是杜松子酒，哪个你更喜欢？”

“杜松子吧，”伯尔尼德说。“酒劲更大，最主要的是，我喜欢它的味道。”

“吃饭我想我们都没什么问题，”阿明说。“你有什么特别想吃的吗？我是说我们现在就能顺便买点，如果你想的话。”

“不用了，谢谢，”伯尔尼德说。“最近两天我什么都没吃，肚子早就空了。我想继续饿下去。你知道，这会让我更好吃。”

“哦，既然这样，我也没问题，”阿明开玩笑说。“好想我现在就能把你带回家当晚餐吃了。你让我好有胃口。”他用赞赏的目光盯着同伴的身体。

伯尔尼德接受了他的恭维。“希望我是你吃过的最好吃的肉。”他笑说。

“哦，我觉得肯定是，”阿明说。“我早就对你垂涎欲滴了。”

两人走到火车站的药房，这是 Ihr Platz 公司的一家连锁店。该店出售日用杂货、糖果和任何你可能会在旅途中需要的东西，从巧克力到杂志，当然还有药品。他们买了一盒安眠药和一大瓶杜松子酒。这种颜色透明的德国酒有着极高的酒精浓度，喝了管醉，即便是伯尔尼德用，也能让他不省人事。

他们拎着购物袋走过火车站外的自行车停靠处。一出站外，有轨电车叮叮当当从他们身边驶过，将卡塞尔市民运往他们日常的工作地。他们朝阿明的汽车走去，它停靠在火车站的停车场。阿明打开汽车行李箱，将他们买的东西放进去，又替伯尔尼德打开车门。

当他进入车内，伯尔尼德觉得他的能量水平再次下落，就像在火车上那样。他的思绪好像被一团雾笼罩住了，他很难集中精神，四肢沉重。他的身体对缺乏食物做出了反应。他的视线略微有点模糊，当阿明向他指示卡塞尔的标志建筑时，现实却离他越来越远。他闭上双眼眯了几分钟，重新积蓄力量，然后将注意力集中在他身边的风景上。

卡塞尔的街道紧张忙碌，遍布店家和商铺；当他们开出市中心向郊区驶去，立刻被一排排的公寓楼和独立房屋包围。在数不清的郊区公园里，母亲照看着正在荡秋千和玩旋转木马的孩子。接着他们到了农村。通往小山坡的道路两旁是宽阔的田野，山上树木稀疏。一条抚育了一大片辽阔田地的小河流，几栋露木结构的农舍，还有那些放养在贫瘠土地上的牛羊。

伯尔尼德打开车窗，明媚春日的新鲜空气扑面而来，让他清醒了许多。他细细看了一眼阿明。“那么，这就是最终了。”他说。

“是的，”阿明回答。“你知道，我为了这一天等了太长时间了。我差点还以为这一天永远不会到来。我是说，我一直在找寻像你这样的人。真正对吃人严肃认真的人，而不是像我碰到的其他人那样假装热忱。你真的想继续下去吗？你真的想让我把你吃了吗？

伯尔尼德笑了笑。“你知道，如果我不想，我干吗上这来？我在电子邮件里跟你说了我有多迫切。”

“哦，你不知道听你这么说，我有多高兴，”阿明说。“我还一直担心你会中途变卦。”

“不必担心，”伯尔尼德安慰他。“这么说你之前还没干过这种事？”

“没有，但我一直想，”阿明回答。“我觉得我生来就是为了此事。某种意义上，这是我人生的终极目标。”

“快点阉了我，我等不及了，”伯尔尼德渴望地说。“只是这么想想就让我激动万分。你不知道我有多么想去掉我的小弟弟。快点咬掉它，我等不及了！”

“我也巴不得想早点将你吞入口中，”阿明说，仔细端详着他的乘客。“我还没想好从哪吃起。只顾着想把你吃个精光。先从你绷紧的大腿吃起可能好点。”

“不，鸡巴，先吃我的鸡巴，”伯尔尼德说。“这是我最想要的。”

“嗯，你知道，以动物世界的大体情况来说，去势会让里脊肉更加娇嫩，”阿明撩拨说。“我真的等不及了。”

“你不用等太久。越早干越好。今天，最理想了。不要拖到下周或别的什么时候。”

“很高兴你如此迫切，”阿明说。“我把一切都准备好了。刀和其他用具。屠宰桌正好对你身体的高度和宽度。我想你一定会喜欢那个屠宰屋的。”

“哦，我想我一定会，”伯尔尼德回答。“我还照你的吩咐把电脑硬盘清光，请了一天的假。没有人知道我在这里。希望没人发现，就让我无声无息地消弭于无形吧。”

“只要我们小心翼翼，我不觉得他们能发现什么。”阿明说。

“想到我不用一个人终老，或是在养老院痛苦地死去、腐烂，那感觉真好，”伯尔尼德说。“我可不想我的身体在地底下腐烂，或成为虫子的食物。”

“不会的，我会让你漂漂亮亮地死去，”阿明说。“实现我们彼此的心愿。你如愿以偿地消失，我吃掉你之后也不会感到孤独。你将和我永远在一起。成为我的一部分。”

两人开始讨论宰杀的细节，计划逐渐成形。伯尔尼德先服下安眠药和阿明的咳嗽药水。两种药效一混合，当能起到麻醉剂的功效，让他感觉不到阿明捅出第一刀的剧痛。伯尔尼德想让阿明把他身上能吃的都吃了，阿明表示同意。他早已了解人体皮肤下可能的肌肉分布，巴不得将它们吃个精光。他保证会妥善处理伯尔尼德尸体剩下的内脏和其他杂碎。他还告诉伯尔尼德准备用他的摄像机拍下屠宰过程的计划。如此，他能在日后重放整个屠宰过程，重温其中的乐趣。

“还是请你告诉我为什么你想这样做，”阿明说。“我想确定你真的做好了被屠宰的准备。”

“哦，是的，”伯尔尼德回道。“我想毁了自己。从这个星球的表面上消失。我恨死了自己。我厌恶自己的性特征和获取性满足的方式。我只是一堆毫无价值的血肉和筋骨。这个世界已没有我容身的地方。我不得不如此。”

“不，我要你，”阿明说。“除了我的母亲和兄弟，你是进入我生活里最可宝贵的东西了。你就是我一直想要的兄弟。你是那个我一直想要的、让我自己圆满的人。我根本不觉得你毫无价值。相反，价值连城。”

快到阿明家时，山势变得平缓。伯尔尼德和阿明已经驶出了罗滕堡郊区的森林地带，抵达了伍斯特菲尔德。一路开了一个小时。在这六十分钟里两人决定了很多事情。他们现在无比确定，两人之前的电子邮件通信不只是戏谑、性感的打情骂俏，还是彼此内心深处的真实表白。伯尔尼德扫了一眼阿明的乡村大宅。“我算是在这里长大的。”阿明自豪地说。

那一群房屋建筑和平静的乡村背景，似乎离那天早上伯尔尼德抛在身后的车水马龙、人山人海的柏林有十万八千里远。这是熙熙攘攘的尘世中罕见的一块净土，也是轻生遁世的乐土。阿明简明扼要地向他的客人介绍了一遍周围人家的情况。其中有民族主义者，他们在自家房子的墙上漆满标语，颜色刺眼、醒目。有被控欺行霸市上了当地报纸头条的不法商贩。再往山上一点，位于阿明家后头的，是施纳尔夫妇的农场，周末阿明常去他们家买鸡蛋。阿明家隔壁的房子以前住过乌拉·冯·博纳斯，那个臭名昭著的撒旦女巫。是他母亲生前最好的朋友，能远程作法杀死弃男弃妇，说到这里阿明简要叙述了一遍她的传奇故事。不过一对新夫妇，哈特穆特和丹妮艾拉·施罗德，最近刚搬入乌拉的农舍，阿明还没有机会认识他们。他们在车道入口处的大门两边各竖了一块标志，上面恶狠狠地写着“严禁入内”。

剩下的就是阿明家的房子了。太阳照射在他们面前那坨不成格局的大宅上。阿明打开门，车子开过砾石车道，在他收藏的那堆破铜烂铁边上停下。把那堆破烂送到废料场可能好看点，伯尔尼德心里嘀咕，但他一言不发。“那么，就是这了。”他说。

两人在车子边上驻足停留。阿明突然觉得有点尴尬，不知道接下来该说什么做什么。

“真难以置信你一个人住在这里，”伯尔尼德说，打破了沉默。“这房子也太大了点。一共有几间屋子？”

“嗯，至少有三十间，”阿明回说。“不过，过去我和母亲一块住，直到她过世了。至今我还为她的死伤心难过。”

“你就没想过把房子卖了或是做点什么？”伯尔尼德问道。

“有的，我常想把它改建成旅馆或寄宿学校，让人上这学电脑来着。不过，这可是一个不小的工程。而且还有钱的问题。要对这么大的房子动手脚，得花不少钱。”

“是的，当然，我能理解，”伯尔尼德回答。“不过就这么放着真是浪费啊。”

“是的，不过说不定哪天我能好好收拾一番，”阿明说。“我开始相信梦想终能成真了。所有这一切感觉就像一场梦，我和你站在这里，就在我家门外。”

“那么，告诉我，”伯尔尼德说。“在你的梦里接下来会发生什么？”

阿明停了一会。“老实说，我的梦可不是在这里、汽车边上开始的。当我幻想吃人这类事情时，这很经常，我总是在屋子里，我想吃的那个人也是。”

“好吧，那我们最好进屋去，开始造梦吧。”伯尔尼德说。

阿明领着他的客人和晚餐走上台阶，经过前门，进入门厅。阿明拿着伯尔尼德的上衣，伯尔尼德此刻觉得仿佛时光倒流。他走过门厅和几级台阶，来到装饰着旧式家具、霉臭地毯和破旧壁挂的客厅。“我从未见过像这样的地方，”他说。“让人感觉好像几百年没住过人。我是说，一切都那么古老。”

“母亲喜欢这样子，她死后我也不想改变。”阿明回敬道。

“我想我是住惯了现代公寓，”伯尔尼德迅速说，不想惹恼他的新朋友。“情况当然跟这不一样，当然。”

阿明领着伯尔尼德在底层转了一圈。那是他晚上休息的起居室，连着他的电脑屋和食人者网站的虚拟世界。他向伯尔尼德展示那台他上网冲浪和收发邮件的电脑，过去他就坐在那里幻想这一时刻的到来。然后他又带他的客人参观了避暑别墅和这座房子的附加建筑，正好俯瞰着门前的公路。一路下来，伯尔尼德嘴里礼貌但含糊地应付着。阿明看得出他的客人累了。“想喝杯咖啡吗?”他问。“或别的更刺激的?”

伯尔尼德要了杯咖啡。

好戏还在前头，是需要咖啡因来提提神了。

11
我承诺和允许你杀了我

阿明冲到厨房准备咖啡，让他的客人提提神。他站在一把凳子上，好够得着头顶上的橱柜——母亲在那整齐摆放了一堆她最好的陶器，吹去饰有花纹图案的杯子和碟子上的灰尘。母亲死后，他甚少使用这些精美的瓷器。这还是他父母亲当年结婚时别人送的礼物，是一套有玫瑰图案的白色餐具，母亲之前叮嘱过阿明，一定要将最好的餐具留到“特殊场合”或“重要一餐”的时候使用。通常只有在圣诞节或生日时它们才会出现在餐桌上。

阿明小心翼翼地、以正确的角度在每个碟子上放了一根茶匙，将杯子整齐摆放在茶托的左上端，像他母亲以前教他的那样。看到她良好礼仪的教诲至今仍有影响力，瓦尔特劳德一定会在九泉下倍感欣慰。但她肯定没想到，小儿子会用她最珍视的餐具吃人肉。她可能还教过他摆餐具、端茶杯的正确方式——却忘了教他如何入世处世。阿明对人肉的渴望不全是他母亲的错；但要是她在阿明的成长阶段不那么作为，让他养成独立自主的天性，没准他丑陋、反常的欲望压根不会萌芽。她设下的森严戒律剥夺了儿子与少女世界接触的机会，还有约会和偷吻的青春岁月。相反，阿明的性体验早在萌芽阶段就已扭曲变形。就像有人迷恋高跟鞋和橡胶衣，人肉才是能引起阿明性快感的恋物。宰杀、吞食人肉是他性满足的源泉。但他还是食人世界里的处女。过了今晚可能就不是了，他心头一阵狂喜。

当他将一个牛奶壶放在茶托上、将滚烫的沸水倒进咖啡时，他的心脏在胸腔里怦怦直跳，他的双手在瑟瑟发抖。咖啡豆的清香扑鼻而来，他猛吸了一口，试着放松自己，等着咖啡泡好。就像做了一场梦，一切都令人难以置信。有个人坐在房子里，就在另一个房间，甘愿为他牺牲自己！他自己找上门来，准备扮演他失落已久的兄弟的角色，永远驻留在他体内。就在这里，终于，有个趣味相投的人乐意为他渴望已久的重生而死。

阿明装了一壶在冰箱里冷却过的水，又从壶里倒了两杯水放在茶托上。他不想伯尔尼德因为喝了太多咖啡而脱水。刚刚禁食后，伯尔尼德需要喝足够多的水清洗身体，排出体内毒素和垃圾，这也有益于到时他放血。

阿明端起茶托，向他的客人走去。

“要我说，你可不是一个好主人。”伯尔尼德挑逗他说。

阿明在门口停住，盯着他的客人，他坐在咖啡桌附近的柳条椅上。除了一副眼镜，伯尔尼德浑身上下一丝不挂。他的衣服胡乱扔在身边的地板上。

阿明将茶托放在咖啡桌上，双眼检视客人的身体。伯尔尼德的身体匀称、肌肉发达。可能有点超重，但身材仍保持完好。伯尔尼德的照片没有完美地表现他，阿明想。这是一个正值盛年的诱人男性。一团好肉。他将目光落在伯尔尼德粗壮的脖颈和肩膀上。伯尔尼德上肢发达两手有力。阿明的嘴角处上扬，露出赞许的微笑。伯尔尼德淘气地向他眨了眨眼睛。

“好好欣赏我的身体吧。”他说，站姿挺拔。

“啊，光是看你我就流口水，”阿明说。“真令人赞叹！”

阿明朝他的客人迈出几步；伯尔尼德盯着他。突然阿明的呼吸喷到了伯尔尼德的额头，他的双臂也架在了他的肩膀上。伯尔尼德闭上眼睛，双手无力地下垂，两人静静地站在那里。当阿明的嘴唇轻轻掠过他的前额，温柔地停在他的每只眼皮上时，伯尔尼德简直不能呼吸。伯尔尼德用两只手抱住他的主人，以示应答。两人就这样站了几分钟，互相熟悉彼此的气味和皮肤的触感。

“情况还好吧，是不是?”伯尔尼德轻声问。

“当然，”阿明回答。“我们找到了彼此，这是最重要的。别担心。”

他们松开手，彼此微笑。

“让我把你扒光，”伯尔尼德说。“你穿太多衣服了，我不喜欢。”

伯尔尼德解开阿明的衬衣纽扣，从裤腰带中拉出，一把从肩膀处褪下。他解开他的鞋带，连鞋子带袜子一并脱下。接着他解开阿明的皮带，扒下他的裤子。阿明赤身裸体站在他面前。“来，我们喝咖啡，一会就凉了，”伯尔尼德说。“一会估计还得喝。漫漫长夜在等着我们。”

两人坐了下来，将椅子拉向桌边，光着身子喝他们的午后咖啡，沐浴在从窗户涌入的阳光中。

“之前我从未在屋里这么干过。”阿明说。

“哦，光着身体更好玩，”伯尔尼德回说。“不过你可得小心，别让热咖啡溅在你的大腿上。”

阿明放声大笑，盯着桌子对面的伯尔尼德。“你不知道，我多想看到有一个像你这样的人坐在那里，”他说。“不过我还是想再确认一下。你真的确定自己要继续下去吗？现在改变主意还不晚。强扭的瓜不甜，我也不想吃。”

“又来了，我承诺而且允许你杀了我，如果你想让我再重申一次的话，”伯尔尼德说。“我是你的 Cator，你的肉，记住。”

阿明欣喜若狂，在他的幻想里，征得牺牲者的同意不可或缺。不甘不愿的人他不想吃。那就像随便从墓地里或意外死亡现场拖出一具尸体，不能给予他同样的快感。他需要的是心甘情愿成为他体内小兄弟的人；与大多数长大了便忘却他们童年幻想密友的成年人不同，阿明还记着弗兰基，他童年幻想中的好朋友，如影随形。现在他想把现实和幻想合二为一。伯尔尼德将真正成为他的亲兄弟，永远活在他身体里。

两人一边喝咖啡，一边交换食人界的奇闻异事。

在很多国家，吃人肉不算一种罪，阿明告诉伯尔尼德。他看过新闻报道说，某年大饥荒时，饥饿的人们精神错乱，靠吃人肉维持生命。他们甚至杀死吃掉自己的孩子。1242 年席卷欧洲的鞑靼人游牧部落尤好年轻女子，他说。可口的少女只对部队军官定量供应，普通士兵只能咀嚼老女人的硬肉。胸脯肉尤其珍贵，只有亲王级别的才能得享。巴布亚新几内亚 Fore 部落的人在葬礼上吃掉死人。“我希望吃人也能在德国获准，”阿明渴望地说。“我真不理解为什么不可以。”

伯尔尼德点头称是。“你读过那个乌干达工厂工人的故事吗？那小年轻在法庭上说以自己是食人者为荣，他以侵犯墓地的罪名被捕。”他说。那个乌干达人在死人被埋葬后挖出尸体，吃掉他们，因为他不想那些肉被白白浪费掉。不过他一般等到葬礼之后的一个星期才动手，不是对死者家属的尊重，而是因为那时候人肉处于将烂未烂之间，味道更为鲜美，伯尔尼德告诉阿明。

阿明倒咖啡时，伯尔尼德讲述了更多他喜欢的食人者故事，大部分是他从食人者网站上搜集来的。

第一次世界大战期间，英国食物部长伍尔顿勋爵仔细考虑但最终放弃了一项计划。该计划由政府科学家倡议，用多余的人类血库捐赠制成黑香肠分发到全国，伯尔尼德告诉阿明。

他最喜欢的食人者故事发生在美国。他向阿明叙述了 1977 年，美国政府官员如何举办了一场庆祝新的农业部员工食堂落成的盛大揭幕仪式，美国农业部长罗伯特·博格兰也出席了。博格兰还给一块铜匾揭幕，上面写着“阿尔弗雷德·帕克纪念餐厅”，这是以美国历史上最著名的一个十九世纪拓荒者命名的。但是不到几个月，那块铜匾就被悄悄撤掉了，因为有人想起帕克先生究竟是如何闻名遐迩的：他是一个食人者，被控在十九世纪七十年代杀死吃掉了五名科罗拉多州的淘金者。

“对了，我还知道一个好故事，”阿明说。“几天前我在网上看到的。”他讲了斯坦利·迪恩·贝克因涉嫌一场驾车肇事逃逸事故而被挡在加利福尼亚蒙特雷郡的故事。贝克当场震住了前来逮捕他的警官，当他脱口而出来了一句“我有罪，我是一个食人者”时。为了证实自己的话，他当场从口袋里掏出了一堆人类的手指。那些被贝克当成点心吃的手指，属于一个二十二岁、名叫詹姆斯·斯克罗塞的失踪社工的手。贝克，大言不惭的食人者，向警方吹嘘了他如何生吃了斯克罗塞的心脏，还声称自己是在为了治疗神经混乱而接受电击疗法后，养成了吃人肉的习惯。

两人哄堂大笑。他们理解究竟是什么在驱使犯罪者变成了食人者，但他们也承认，这个世界上大部分人对此并不明白。

“我们俩怎么办？”伯尔尼德问道。“我看得出你很想要我。我该如何上演我的压轴大戏呢？我的临终谢幕？”

阿明知道他的牺牲者应该被打晕，这是最理想的状况。最好是对脑部的猛烈打击。如果不行，往前额正中或头骨后部打一枪也凑合。但他知道不能这么对待伯尔尼德。他不想使用不必要的暴力，也没有枪。他更不想激怒伯尔尼德或是引起争斗，因为这会使体内大量充血、产生分泌物——诸如肾上腺素之类。他抓住伯尔尼德的肩头，将他的朋友拉到身边，互相凝视着彼此的眼睛。

“我想将你刺死，掏出内脏，剁成碎块，”阿明小声说。“最后吃了你。”

阿明还打算将伯尔尼德的一条或两条腿锯断，大概在腹股沟正下方和膝盖往上几英寸的地方。剥完皮后，这些部分将被切成合他心意大小的圆肉块，再细切成肉片，剔掉骨头烤或慢火炖，他告诉他的朋友。

他避免在他的食谱中提到人体脂肪、大小肠这类用语。“我从来不是一个喜欢试验的厨师。”他跟伯尔尼德开玩笑说。

夕阳沉没在这座老式大宅的后头，两人正聊得起劲，专心致志于他们的计划。

“走，我们上楼去，我带你看看屠宰屋。”阿明说。

他推开门，观察着他朋友的脸，屋子里就是伯尔尼德不久之后的葬身之地。伯尔尼德的反应正是他所期盼的。

“难以置信！”伯尔尼德走进屋子时大声惊呼。他指着阿明准备用来悬挂他尸体的挂肉钩。检视他将躺在其上赴死的大桌子，存放他身体废肉和内脏的垃圾桶，还有冲洗他血迹的水管子。

阿明还架好了他的家用摄影机，以拍摄屠宰的实况录像。他按下录制键，很快两个裸体男人互相拥抱和嬉笑的画面就被录制下来。

伯尔尼德和阿明猜度着屋子颓败四壁上由影子组成的动物形状。有好几分钟他们迷失其中，简直信以为真，就像那些盯着天空中云朵形状的小孩一样。

“看见那头野山羊了吗?”伯尔尼德问道。

“我觉得更像一头驴子。”阿明笑说。

这间地牢般的小屋长三米宽四米，一扇窗户也没有，自然光照不进来。唯一的光线是从天花板上的霓虹灯管射出的冷光。屋子一股腐败发霉的味道，跟这栋有年头的房子的其他部分一样。但对这两个人而言，却是他们调情的绝佳场所。

屋子里的便携收音机轻声放着音乐，伯尔尼德倒在阿明的怀抱里。阿明抚摸着他的双臂，手指轻拂过他的喉咙和脸庞。

“不用担心。”阿明喃喃自语。

他们一连数小时腻在这间荒屋里，紧紧拥抱在一起，做爱或是抽烟。阿明熟悉了伯尔尼德双腿的重量，手指抚摸的触感，呼吸的热度和舌头的卷曲。终于他们彼此找到了自己。现在他们准备打造更深入的血肉相连。

12
痛苦的极限

伯尔尼德惊醒，挣脱了阿明的怀抱，直挺挺坐在床上。

他一脚踢开毯子。长年累月搁在潮湿的屋子里，这毯子闻起来像是腐烂的蔬菜。他看着阿明，后者还躺在床上，沉浸在方才的亲密接触中发呆。他摸了下阿明的脸，靠过去亲他。两人一阵激吻，呼吸交错。性让人欢愉，但将两人千里姻缘一线牵的红线远不止于此，而是更为暴烈、毁灭的物事。伯尔尼德的脑海中浮现出色情的图景：他想象着阿明一口咬掉他的阴茎，将那劳什子从他身体连根拔起。他想象着阿明如何用他的利齿撕扯下他的性器，不留一丝残余。这又让他激情万丈。他的血液中喷着火，他想浴火重生。“你不觉得是时候更进一步了吗？检验一下沉痛的极限，看我们能否突围而出？”他悄声问。

阿明端详他的新爱人，脸上露出微笑。

在暴力幻想中困守多年、不与他人相交后，他的梦想正日益逼进现实。他血淋淋的梦想即将实现。“没错，我们是等得够久了，”他说。“是时候开始疼痛了！我想吃了你，让你活在我体内。”

伯尔尼德直视阿明的双眼。“在盛宴开始前，我想先要一道开胃小菜，”他大大咧咧地说。“我想你咬我。我想你大力咬我的鸡巴直至出血！嘴里含着血，我还想你慢慢咀嚼，将那玩意全部咬下来！”伯尔尼德越说越兴奋；他闭上眼睛，想象着血从他伙伴的嘴里流淌而出。当他睁开眼看见阿明向他靠近，他立刻勃起了。

阿明将手搭在伯尔尼德肩膀上，在他面前屈膝跪下。他抬头看着伯尔尼德等待指示。与他珍视已久、详尽盘算的食人幻想不同的是，他从未想过还有阉割这一过程。这是伯尔尼德的个人癖好，与他无关。

“咬它！快。咬它。用力！”伯尔尼德催促道。当他低头俯视，看见阿明的牙齿即将咬向他的阴茎时，他的身体因激动而抽搐。从头到脚，他浑身上下在颤抖。他睁大眼睛，神经敏感而紧张，准备好了迎接高潮。

阿明将嘴巴张得开开的。双唇回缩、露出牙龈，活像一头野兽在猎物前咆哮。他已准备好咬破伯尔尼德的皮肤，侵入他的血肉。

看着阿明的嘴巴慢慢朝他的阴茎合拢，伯尔尼德一脸的陶醉。他越来越兴奋，仿佛电流正在他血管中跳跃穿行。“就这样！咬我！用你的牙齿咬我。快啊！”

就在这关键时刻，阿明犹豫了一下，收回了脑袋。他下不了决心真咬伯尔尼德。

“不！你必须这样做！妈的，你不能现在说停就停！咬它！”伯尔尼德大叫。

他抓住阿明的头发，将他的脑袋按向自己的性器。

阿明心里对自己说，这是一种必要的恶。为了吃到他的肉，他只得依言行事。他深深吸了一口气，握紧右手的拳头。他的牙齿慢慢咬住伯尔尼德的阴茎，他能感觉到血脉贲张。他不禁好奇这东西吃起来到底是什么滋味。

伯尔尼德早已忘乎所以。“没错，就这样！快！别停！”

阿明闭上眼睛，用手抓住那团肉，慢慢用力地咬进去。他逐渐增加力度，直到牙齿遭遇肌肉的抵抗。他停下来，稍稍张开嘴，又试了一次。这回，他真的咬了伯尔尼德，虽然力道轻了点。

“就是这样。好极了。现在多用点力！”伯尔尼德感受到阿明的舌头正抵在他全身最敏感的器官上，想象着他一口气吞下了他的阴茎，声音不由得尖厉起来。

阿明再次摆好架势。但他试了又试，就是不能足够用力咬伯尔尼德，他下不了“牙”。

机会稍纵即逝，这让伯尔尼德觉得万分残酷。经历这种失望和失败的苦痛，他身子犹如死去般麻木。他对阿明已不抱指望。“你还是做不到，是吗？”他最后说。

阿明羞愧难当，哑口无言。他领略过伯尔尼德性欲的高亢。伯尔尼德有多想要，他一清二楚。

“你真是中看不中用，”伯尔尼德说，语气中夹杂着一丝轻蔑。“要实现我的目标，你还不够硬。我早该想到了。”

伯尔尼德倒头躺在床垫上，抱着自己，轻轻地在床上滚来滚去。他曾如此接近，但又失之毫厘，这让他难以置信。他突然觉得自己筋疲力尽。无力开口说话，亦难以重新振作。他只想躺在那儿，死气沉沉，把一切忘得一干二净，哪怕只有几分钟也好。他如此想被大卸八块。如此孤立无助。活着不能让他高兴，继续活下去的指望他更无心奢求。不过有一点还好，他没有被剥夺英勇赴死的权利。而这就是他想让自己死去的方式！他将最深处的幻想紧锁心间，秘不示人；他过着一种双重生活，不让热内和之前的伴侣知道他有自毁倾向。但他将自己完完全全裸露给了阿明。可是现在他不得不接受竹篮打水一场空的事实。

“你在想什么？”阿明问，声音因忧虑而颤抖。他心里开始发慌。他实在不想将伯尔尼德阉了，可又很想杀了他、吃了他。

“我只想感受自己的鸡巴被咬掉的快感，”伯尔尼德静静地作答。“我想看着你一口一口将我吃掉。就这样，真的。”

“我也等不及与你合二为一，让你成为我的一部分，”阿明又向他保证。“很快你就能品尝到愉悦的痛楚！不用担心，让我们继续。”

希望再生，伯尔尼德心里又暖了起来。没准还有机会？没准他丝毫未失。“阿明，我最想要的是你在我还完全清醒时阉了我，”他说。“我想活着看着你吃了我。”他深吸了一口气，在继续说话前仔细选择字眼。他不想他的新计划又是白忙活一场。“但我不确定你能否胜任。你实在太过厚道。我想如果等我睡着了你再动手可能容易点。那时你就能无视我的痛苦阉了我。你觉得呢?”

“嗯,我觉得这个主意好极了。”阿明说,他不想失去一丁点机会。他觉得浑身上下一阵轻松。“别担心,这回一定能成。”

阿明跑下楼梯,来到浴室。从浴室的橱柜里取了一瓶 Wicks MediNait 药水,一种咳嗽和感冒药剂,能让病人昏昏欲睡。这应该能让伯尔尼德睡着,他想。他急忙赶回屠宰屋,向他展示这瓶药水,活像刚得了礼物的小孩。他很高兴他们找到了法子,能让他继续将伯尔尼德当晚餐吃。伯尔尼德扫了一眼标签上的药品成分,将整瓶药水一饮而尽。

两人面面相觑,似乎在期盼药剂即刻生效。意识到了彼此的意图后,他们放声大笑。半小时过去了,伯尔尼德仍旧倦意全无。MediNait(在别的地方也被叫做“夜班护士”)虽有相对较高的酒精含量,但近在眼前的肢解快感压倒了药水的镇静效果。一个钟头过去了,伯尔尼德的四肢仍未发麻,意识也没有模糊。相反,他依旧觉得神志清醒,跟没喝药时一模一样。阿明检查了他的脉搏,没有跳动放慢的迹象。两人都察觉到了彼此的挫败感。他们的计划怎能在最后关头时失败呢?

“这压根不管用,”伯尔尼德忍不住说。“根本不可能发生。”

伯尔尼德对阿明是否是人类屠夫的合适人选失去了信心——他怀疑阿明不够残忍不敢杀他和吃他。找错人了,他伤心地做出结论。“我想回家，”他说。“请带我去火车站吧。我想回柏林去。”

阿明眼睁睁看着自己与天堂失之交臂。

他渴望已久的兄弟、他期盼的心灵伴侣也将弃他而去，就像他的母亲、手足和父亲对他做过的那样。沮丧压垮了他的内心，我本该知道会这样的，他心里想。他关掉摄像机。两人穿好衣服，离开屠宰屋。在那间黑暗小屋呆了好几个小时后，他们花了一阵子才能让眼睛适应屋子里其他地方的光线。终于他们穿好衣服，离开房子，回到了阿明的车上。上一次坐在车里时，他们还信心百倍。但是现在气氛沉闷乏味，他们的乐观荡然无存。

阿明发动汽车，驶出车道，开始了重回卡塞尔火车站的漫长之旅。

阿明开着车沉默不语，思绪纷繁复杂。他不想让珍视的梦想从指间白白溜走。他还想着经由伯尔尼德的血肉获取性快感。他下定主意说服伯尔尼德：现在放在汽车方向盘上的那双柔软的手，足以做出任何致命打击。

“你知道吗，伯尔尼德，从我见你的第一眼起，我就在考虑应该从你身体的哪一部分吃起。但我很清楚，我想把你整个儿都给吃了。我甚至能想象出你的肉是什么样子。闪着亮光的红肉，看起来很像是嫩牛肉。我知道它会在我嘴里融化。没有什么能比它更美味了。”

伯尔尼德听着阿明的诱人腔调，一言不发。

“你知不知道，一想到撕开你的身体，我有多兴奋吗?”阿明继续说。“用一把刀捅进你的身体、看着你死去，我的脑海中早已有了这幅色情的绝妙图景。我想成为你的鲜血、痛苦和死亡的第一见证人。”

阿明知道伯尔尼德喜欢什么甜言蜜语。

但伯尔尼德还是不信任阿明的决心。

“你现在爱怎么说都可以，阿明，”他用一贯的平静口吻说。“但是回到现实，你下得了手吗?我真的表示怀疑。”

“我当然能杀人了，”阿明辩解说。“那是我最大的欲望，毕竟！我不是软蛋。我能做到！你不必怀疑我。”

伯尔尼德没有回答。他的头脑也很混乱。

车子开到了卡塞尔火车站，那天早上他们就是在这里相遇的。阿明停好车，两人慢慢下了车，向火车站的售票柜台走去。

“下一班到柏林的单程票。”伯尔尼德避开阿明的目光，对柜台后的女售票员说。

对这位黑头发的男人和他的朋友，那女人丝毫不在意。现实生活中的魔鬼往往不是眼露凶光、口吐白沫的野兽，一眼就能认出。这是两个外表谦和的男士。她根本猜不到他们俩对恐怖的共同嗜好。

13
从火车站回来

不到二十分钟，伯尔尼德的火车就要离开卡塞尔，开往柏林。留给阿明重获机会的时间已经不多。两人关系之紧张显而易见。伯尔尼德低头看着鞋，然后抬头眺望远处，火车将在那里进站。阿明不时查看站台上的时钟，仿佛只要他将能量集中在钟表的方向上，就能延缓时间的不可逆进程似的。

“你知道男厕所在哪吗?”伯尔尼德问。

“在主车站区域的后头。右转你能看到一个指示牌。等一下，我跟你一块去，给你带路。”

“不用麻烦，”伯尔尼德口气强硬。“要是你不介意，我更想让你在这等着。我想一个人待一会儿。”

伯尔尼德朝男厕所走去。他需要一点空间重整思绪。那天早上到这个车站后，他几乎无时无刻不跟阿明在一起，这开始让他有点幽闭恐惧症的感觉。更糟的是，他头脑开始混乱，思绪万端。他刚做了什么？他是不是买了一张通往自由的车票，好从这一灾难性的困境、这一尚未开始便告夭折的拙劣的自杀企图中抽身而逃？抑或他买的是一张重返一成不变、毫无希望的生活境地的火车票？难道他已打算重归单调无聊的存在，以及欲望永世不得满足的挫败？是阿明缺少勇气，还是他自己是一个懦夫？

伯尔尼德到了厕所，锁上门。他很高兴一个人独处。他需要片刻时光，重新评估今天发生的事情。

他清楚一件事：自己已身心俱疲。由于多日未进食，他觉得浑身酸痛。还好不觉得饿，他安慰自己说。他想自取灭亡但功亏一篑，这一压力不停地敲打着他的额头，与此同时，他头脑中感觉到另一种悸痛，程度跟他今天一早在来卡塞尔的火车上产生的那种痛楚感一样剧烈。他在脸上泼洒了些冷水，长出了一口气。这会让我好受点，他心里想。他抹了抹肥皂，将双手洗了个遍。脑海中的疑云开始散去。为什么他要回家？他差一点就能将往日的生活抛在身后，即便他回去了，他真的能面对吗？他看着镜子中的自己。脸色苍白、疲倦而又难看。他能否找到另一个阿明，另一个愿意置其于死地的人？不过没准，阿明才是他最好也是他最后的机会。一想到能将他开膛破肚、狼吞虎咽，阿明的样子不也是那么欣喜若狂吗？没准，只要环境合宜，阿明就能将他的心愿进行到底。

伯尔尼德沉思了几分钟，打定了主意。

跟许多恋人一样，他决定再试一把。

阿明神情紧张地看着伯尔尼德回来；再过十分钟，开往柏林的火车即将离站。站台上挤满了大包小包的旅客，正准备上火车。“你现在觉得怎么样?”他小心翼翼地问。

“好了点，”伯尔尼德回说。“实际上好了很多。”他勉强让自己脸上挤出了一丝微笑。

阿明又看到了机会。

“伯尔尼德，我真的认为我们能做到。一想到吞食你的身体，带给我的那种快感简直无与伦比。”

“我需要你再硬一点。你真觉得你能把我阉了吗？拜托，阿明，求你了。我期待它胜过任何东西。否则一切还是白费。”

“我百分百确信我能做到，”阿明吞了吞口水，信心十足地说。“跟我回家吧。”

他们听到了远处火车进站的隆隆声。

“那好吧，”伯尔尼德答应了。“让我们再试一把。”

火车站药房的收银员对这两个男人视若无睹，当她扫描一瓶感冒药水和一盒名为 Vivinox Schlafdragees 的非处方安眠药时。

时间宝贵无暇浪费。阿明以最高的限速速度将车开过城市的街道。他急着尽可能快地赶回家，伯尔尼德也是。此前横亘在两人之间的冰冷距离逐渐缩短，对他们的共同目标——伯尔尼德身体的毁灭，两人内心日益决绝。他们迫不及待地想投入其中——对伯尔尼德身体的虐待和消解，直至最终的死亡。

伯尔尼德在购物袋中搜寻着。他们又大肆采购了一番，恨不得双重保证拥有足够的镇静剂，好让伯尔尼德长睡不醒。他摇了摇那瓶感冒药水，仔细检查安眠药外包装上列出的药品成分和使用说明。这两样东西都不能和其他药品或酒精同时混用。服用了这两种药品后，既不能开车，也不能操作重型机器。尽管父母亲都是医生，伯尔尼德对药品或它们的疗效知之甚少；他只希望他们刚买到的药品足够强大，让他一睡不醒，也好让阿明放手大干一场。

“还好，上面没有说我们不能吃人，”他戏谑道。“只是让我别开车。”

“开车有我呢。”阿明说。

“我是说，如果万不得已，让我来开也没问题。”伯尔尼德旋开那瓶 180 毫升药水的盖子，一口气喝个精光。“味道还不错，”他说。“现在该吃甜点了。”他打开安眠药的包装，一下子吃了十片。“这回总该起作用了吧!”他说。“但愿几小时内，我会睡得像个婴儿一样，等着被吃。”

阿明笑了起来。两人的关系又变轻松了。

汽车行驶在黑森州上，窗外的景物迅速掠过。夜幕降临，上班的人经过一天的劳累后，都开着车往他们乡间的住处赶。伯尔尼德想到了柏林的热内。他的伴侣一定在奇怪为什么他到现在还没从办公室回家。不过还要再过几个小时，热内才会开始担心。接着他可能会给伯尔尼德的办公室打电话，询问他是不是在开大会，没准还会给他们的几个朋友打电话。好热内可能正在寻思该做什么晚餐。

没准晚上他想待在家里看看电视或者出门看场电影，伯尔尼德心想。他叹了口气：热内和他在柏林的生活现在宛若阴阳两隔。即便他早已知道，以他复杂的个性，他们的关系不可能长久。

一想到热内要面对失去他的痛苦，伯尔尼德的内心泛起了一丝负罪感。

先是他失踪了，很快，当找不到他的任何音讯时，他会被默认已经死亡。他的所作所为无疑自私透顶，伯尔尼德心想，但他又安慰自己，热内一定会及时给自己找到一个更好的伴侣，一个更值得他爱的人。

伯尔尼德将注意力重新返回到他迫在眉睫的死亡上。当其阳具被移除，他会觉得自己真的翻身做了主人，那种如释重负的快乐，将让所有其他快乐大形失色。他希望能在足够长的时间内保持清醒，亲眼目睹自己被阉割的过程。如果阿明砍下他的头颅，他是不是也能听到，哪怕就一瞬间，鲜血从他的脖子处喷涌而出的声音？他还估摸一个人能活多久，当有人正在吃他的器官时。

阿明也沉溺在他的沉思默想中。

他记得在互联网上读到过，为了免于得病，他得好好清洗保存伯尔尼德的肉。他特想吃带肌肉的那部分。大腿肉和腿肚子将是他的第一选择。他还记得读到过一道美味的菜式，可以将他的舌头炖了吃，眼睛也可以做成一式有营养的汤。要不尝一尝烤人肉？生吃人心又怎么样？手、脚和睾丸实在引不起他的胃口。还好伯尔尼德不胖——如果这样，他可能会因为胆固醇含量过高而将其拒之门外。不仅如此，伯尔尼德还相对年轻，这意味着他的肉没有受到很多污染，也不会太老而难以下咽。他吃起来一定美味而娇嫩！不过这么好的肉，他能保存多久呢？食橱比较空，冰箱里还有一些比萨，他记得。如果他将这些地方好好归置一下，应该有足够的地方堆放伯尔尼德的肉块吧……母亲已大致教过他如何生火做饭，而且这么多年独自生活，他也摸索出了一些食谱。虽然他算不上特别好的厨师，但煮出来的东西还相对好吃……

两人行驶在罗滕堡风景如画的乡间小道上。此处所在的城镇本就是一个度假胜地，吸引了很多游客。阿明向他指出了文艺复兴风格的城堡，过去的集市和市政厅，以及往日城墙的遗迹。

回到那栋大房子后，他们毫不犹豫就进入屋子。

他们耽搁的时间已经够长了。

阿明拿出那瓶他们第一次在火车站药房买的廉价杜松子酒。他从瓶子上的标签获悉，这瓶酒的酒精浓度超过了40度。伯尔尼德一口喝掉了半瓶，又吞下了十片安眠药。他立刻觉得头重脚轻，有点想吐，这让他很高兴。“我有点醉了！”他说。

他们又回到屠宰屋，在床上躺下。伯尔尼德一闭眼，就觉得屋子天旋地转。从枕头上抬头说话时，他感到头晕目眩。但对自己想要的东西他记得一清二楚。

“阉了我，阿明。然后杀了我。现在就动手。”

14
阉割

酒精让伯尔尼德头晕，也让他精神放松。“来点音乐吧!”他嘟哝说。阿明恭顺地打开便携收音机。两人抽烟听音乐。屠宰屋里的气氛感觉像是在举行一场怪异的私人派对。“过来，你。”阿明轻佻地对伯尔尼德说。

他们抱在一起。阿明轻抚伯尔尼德的后背，又将手放在他的右大腿往上抚摸。伯尔尼德已有好几个小时未进食，加上他刚服用的那份化学鸡尾酒正在扰乱他的心智，他越发无法进行理性的思考。但他心里一清二楚，只有通过被人阉割而不是与人做爱，他才能享受到毕生至高无上的快乐，而且虽然他感觉自己随时可能晕厥过去，但有一点必须坚守，那就是：在变得不省人事前，至少他得亲眼目睹自己的鸡巴被弄掉。忧虑让他不耐烦。“现在就干，把它弄掉。”他命令阿明说。

阿明意识到了让他用嘴咬断伯尔尼德鸡巴的困难性。他需要一把比他的牙齿更锋利的工具——最终他决定选择菜刀。伯尔尼德也很高兴，因为这会让切口更光滑平整。

阿明重新将摄像机打开。借由杏仁蛋白软糖制成的人形和塑料玩偶，他进行过无数次不熟练的肢解演练。伯尔尼德却是一个活生生的人类玩偶，一个用完即弃的物件，最大的价值就是他的肉。“割掉它。”伯尔尼德又重复了一遍。这回阿明准备依言行事。当伯尔尼德看到阿明手执菜刀，穿过房间向他走来时，身体里涌起了一股强烈的性快感。就是这样，他心里想，还将他勃起的阴茎放在砧板上，这是阿明为了阉割他而特意拿到屠宰屋的。他调整了一下位置，好把整个阴茎都铺在板子上。

在阿明眼里，伯尔尼德的性器看起来像一根别扭的意大利香肠，准备被切成片做成一个可口的三明治。要是他在边上摆一个面包，在砧板上洒一些番茄酱，他就能拍到一张绝妙的照片，添加到自己的收藏里。不过这回他可不是在游戏：于是他紧紧握住刀柄，将菜刀举过头顶。接着他狠狠地将菜刀砍向伯尔尼德的阴茎与身体的结合点。

预感到即将随之而来的剧痛，伯尔尼德缩了缩身子。

阿明低头看了看，希望那根肉棒已被横刀斩断。

但什么也没发生：伯尔尼德的鸡巴还在身体上。阿明又砍了一刀。这回可用尽了他全身的气力。还是白费劲——那把菜刀还是不够锋利。

伯尔尼德凝视着他的鸡巴，若即若离，还在他身体上挂着。

“我开始对自己感到绝望了。”阿明说。

但伯尔尼德不泄气。光尝试本身就足以让他体内的肾上腺素飙升。“去拿把更锋利的刀，”他命令说，口气蛮横、不容置疑，像极了阿明死去的母亲。“下楼去厨房再找一把。”

像他对母亲总是言听计从一样，阿明迅速接受了命令，跑向厨房。一口气跑上楼梯，他上气不接下气地回到屠宰屋，这回手里拿的是一把大砍刀。他还特意检查过刀锋是否足够锋利。时为晚上六点三十分。

阿明调整好姿势。大砍刀毫不迟疑地落下，毫无怜悯地砸在肉上。

刀刃一碰触到身体，伯尔尼德就撕心裂肺地嚎叫起来。疼痛直捣他的心窝。他在桌子边上蹿下跳，像被宰的猪一样发出长而尖的哀号，阿明用尽全力又砍了一刀。伯尔尼德的身体激烈颤抖，脑袋左右舞动，恨不得将脖子扭断。阿明又砍了一刀。再一刀。疼痛阵阵袭来，将伯尔尼德淹没其中，每一刀则让他的阴茎越发与身体分离。阿明盯着伯尔尼德的脸，他的眼睛开始往后翻动。他正陶醉在血污中；这可比假人偶好玩多了。

正当伯尔尼德觉得自己无法再承受时，他突然奇怪地发现不再疼痛了。他觉得自己仿佛脱离了肉体，漂浮在疼痛的上方，应该是酒精和药效乘虚而入，开始发威了。而当他看到自己支离破碎的鸡巴，他的身体则沉浸在愉悦中。

阿明的大砍刀由于沾满血污开始打滑，但他很好地掌握了刀法，继续用锋利的刀刃将伯尔尼德鸡巴上一些特别顽固的肉切断。鲜血飞流直下，浸湿了伯尔尼德的大腿；伤口处还在出血，他高兴地看着。但伯尔尼德的脑子前所未有的清醒！他意识到必须延缓出血的速度，如果他想实现其他梦想的话，比如吃下自己的鸡巴。

阿明还有一些他在军队时留下的绷带。他在伯尔尼德的身体上做了些包扎，阻止血液流出；这让伯尔尼德看起来像是穿了尿布一样。

“在你的盛宴开始前，来一道我也能一起分享的开胃小菜如何?”伯尔尼德问。尽管伤口做了包扎，血还是不停流出，这让他感觉虚弱。但他立志实现自己的情色幻想，勇往直前，视若无睹。

“同意。”阿明说。他抓起那团浸满了血的肉，两人飞奔冲下楼梯，准备烹食伯尔尼德的鸡巴。

一到厨房，阿明看了看自己手里拿的东西。那些闪闪发亮的蓝紫色血管仿佛还在跳动。他轻轻拍了几下肉，将表面弄干净，伯尔尼德则盯着自己的鸡巴，惊呆了。接着阿明将它一分为二，一份给自己，一份给伯尔尼德。

“但愿它美味可口。”伯尔尼德说。

阿明小心翼翼地将两份肉放在他母亲最好的瓷盘上。“对我来说，这可是绝好的美食品尝啊。”他开玩笑。

伯尔尼德将他那份抓在手上，恨不得一口生吞了下去。阿明也捡起他那一份，试着咀嚼一番。不过肉质实在太硬，难以咬断。就像家畜一样，人肉也要等血流干了，再挂上几天才好吃，阿明提醒他的食客。但伯尔尼德没有时间等待；他想立刻就把他破损的鸡巴吞下去。

阿明像好主人一样，即兴而作；将肉在锅里煎一遍，辅以盐巴、辣椒和大蒜，这样可能不会那么难以下咽。他急匆匆把锅烧热。很快厨房里弥漫了香味。还没等煎好，伯尔尼德就迫不及待地拿起一半想吃——这当然不行。他只得重新放回锅里；很快，让他们共同沮丧的是，整团肉开始在煎锅里枯萎发黑，明显是烤焦了。

阿明和伯尔尼德试着想将它吃下去。最终他们不得不接受失败的现实，实在是难以咀嚼消化。还好伯尔尼德还沉浸在他被阉割了的愉悦中。这一举动不仅满足了他的淫欲，也是他有生以来体会到的最高形式的性快感。至于这一小挫折他能忍受。“我等不及了，再把我大卸八块，吃了我。”他说。

阿明承诺说：“如果你能坚持住，明天一早我们再把你的蛋蛋当早餐吃了。”

在德语的俚语里，“蛋蛋”就是睾丸。

这一承诺不禁让伯尔尼德舔了舔嘴唇。

伯尔尼德觉得浑身冰冷虚弱，伤口处冒出的血又把身体搞得脏兮兮的。他只想躺在浴缸里，好好泡个澡。

阿明继续他的好客之道——将浴缸灌满温水，还将伯尔尼德扶到浴缸里。白色浴缸周围有一圈黑色的污垢，甚至盖住了墙上的碧绿色瓷砖；阿明从未想过将浴室好好打扫一下，污垢长年累月堆积在一起。伯尔尼德往后躺，脑袋枕在浴缸上，闭上双眼。泡在温水里的感觉好极了。那股恨不得钻进他骨头的寒意减轻了。水很快被染成红色，与他苍白的躯体形成鲜明对照。一些杂碎和组织漂浮在他一动不动的身体周围。伯尔尼德实现了他毕生的夙愿。现在他就能快乐地死去；他的生命已臻于化境。他这一生也已无可超越，而他还活着，头脑异常清醒，正在品味夙愿得享后至高无上的愉悦。

他的身体忠于职守，努力想恢复自己。时不时地，伤口会慢慢愈合，不再让血流出。但伯尔尼德却胡乱拨弄那个硕大的血口以此自娱，那曾是他阴茎所在的地方，以确保血液继续从那致命地流出。从伤口处冒出的红色液体对他有一种催眠作用。我看起来就像一尊喷泉里的石雕，他心想，只不过喷出的是血而不是水。

阿明让伯尔尼德自个儿呆着。叫救护车的话，他还能挽救伯尔尼德的生命。但他对此毫无兴致。他的计划进行得完美极了。

伯尔尼德躺在浴缸里，感觉世界渐渐离他而去。他很想体会活着被人吃了是一种什么样的感觉。那种愉悦能和他刚刚经历的能同日而语吗？随着他缓慢死亡，现实退却，幻想上位。他想象自己正躺在一个大锅里，活活被烹煮。一堆牙齿争先恐后向他咬去，撕扯他的身体。他们慢慢咀嚼，像鲨鱼进食般，附带有一种锯齿的动作，接着将他身体的其余部分撕成碎块。他开始喃喃自语，阿明，听到他的声音，跑回了浴室。

伯尔尼德脸色煞白，这让他大吃一惊；一种淡蓝色的斑块开始遍布他苍白的躯体，嘴唇却是紫色的。他看起来一点也不像那天早上出现在火车站的那个健康人。但伯尔尼德面带笑容，神态平和。阿明心里直好奇，还得等多长时间，他才能追寻到自己的终极欢乐。

“你根本不知道我感觉有多好，”意识到阿明在他身边，伯尔尼德轻声低语。“你根本不知道我心里有多高兴。这是我有过的最高愉悦。也是我一直想要的。”

阿明真的难以理解伯尔尼德的狂喜，去势的狂喜。他也懒得去理解。他已完成了交易的一部分。现在该轮到他宰杀吃掉伯尔尼德了，这样他才能有一个真正的伴侣，永远和他在一起。“我相信当我吃你时，我将一样的快乐，”他说。“然后你将在我体内复活，永世不分开。”

但伯尔尼德根本不想复活。“我不想留下任何东西让人想起我，”他说。“我想让你碾碎我的头颅和牙齿，绝不能留下任何东西。”他又将意思复述了一遍。“我想让自己尸骨无存。”他用尽浑身的气力说。

阿明也向他的肉食做了保证。“别担心，我会处理好垃圾的。”他说。

伯尔尼德笑了，后仰将身子更深地泡在浴缸里。好冷。他将双肩浸在温水里，让水像斗篷一样包住他。脉搏减速。死神逼进。

15

伯尔尼德还活着

伯尔尼德躺在浴缸里，像具尸体一动不动。他的眼睛闭着，嘴角处绽放出一丝微笑。血水冲刷着他的身体，随着血不停从他阴茎的创口处流出，水变成了深红色。阿明注视着他。

从他最后一次进入浴室到现在，一个多小时过去了，在这段时间里，伯尔尼德身体状况的恶化显而易见。他现在看上去与一个真人大小的假人无异；只是一具等待被肢解、剁碎以便食用的躯体。阿明盼着早点动手，将伯尔尼德大卸八块饱食一顿。在他的舌头上，伯尔尼德的鸡巴余味犹存。只可惜那块肉太硬咀嚼不动。他还要更多。

不过这回，在烹饪前他会好好准备一番。

心急吃不了热豆腐。

伯尔尼德死了吗？阿明悄悄走到浴缸边，近距离观察是否还有生命的迹象，诸如身体的轻微动作或者眼皮的眨动。但伯尔尼德躺在浴缸里一动不动，浸泡在从他身体流出的血里。阿明伸出手指头，小心翼翼地碰了碰伯尔尼德的胸膛。毫无反应。而且皮肤已冰冷。阿明又试了一下，更用力地捅了捅伯尔尼德。他被吓得往后跳，因为伯尔尼德醒了过来，长长地呻吟了一声。他竟然还没死。

“伯尔尼德，你还好吗?”阿明问道。“你能听到我说话吗?”

伯尔尼德试着想把头从浴缸上抬起来。但马上觉得天旋地转；只得又将脑袋放在又冷又硬的浴缸上。他等到晕眩消失，又试了一次。但只将头抬起寸许，他就觉得脑袋重得像铅一样，而且被拴在了浴缸上，生生将他拉了回去。有那么一会，他怀疑自己是不是正在健身房里做俯卧撑。全部重量都压在他身上，以致他无法动弹，他心里想。怎么会这样?可能过一会就会有健身教练过来，让他脱离重负。他的脑子里尽是这些幻觉，直到阿明的声音将他惊醒。“伯尔尼德?跟我说话。随便说点什么。”

伯尔尼德努力想记起这是谁的声音正在跟他说话。他听过这个声音。但究竟是谁呢?在好奇心的驱使下，他睁开了眼睛。他盯着浴室的墙砖，直到它们不再模糊，然后看了眼他边上的人。似曾相识。哦，阿明啊，除了他还有谁！没错，他正在阿明的老房子里。但我躺在浴缸里做什么，而且水是红色的?那天发生的事一幕幕涌现。他想起自己刚被阉了，低眼看到伤口时，他如释重负。像头动物一样，他被阉了！他不再是男人了。男子气概也一去不复返。他用手去挖那个伤口，痛得差点跳起来，脑子也一下子清醒了。

"阿明，"他有气无力地说。"是的，我还在。"

"你感觉如何？"阿明问道。"很疼吗？"

"还好，就是觉得累，身体虚弱，"伯尔尼德说。"浑身上下一点力气也没有。我躺在这多久了？"

"好几小时了，"阿明说。"浴缸里的水凉透了。你想让我再加些温水吗？或需要我帮你拿什么东西？"

"我想喝杯水，"伯尔尼德说，用舌头舔了舔他严重脱水的嘴唇。"我渴死了。而且我想好好睡一会。太累了。我只要这些。"

"要不我把你扶到床上去？那样你可能会更舒服些？"而且这样你也能离屠宰桌更近些。阿明知道趁现在伯尔尼德还活着，移动他还比较容易，否则等他变成了一具死尸，就不好动了。

伯尔尼德笑了笑。"好吧，有劳了。我喜欢。"他的身体早盼着摊在一张松软的床垫上，躲在温暖的被窝底下。他试想自己的脑袋深陷在一个填满羽毛的枕头里。舒服极了。真想马上和床铺融为一体。可能是他现在太虚弱了，以致记不住也不关心屠宰屋里只有一张硬邦邦的旧床，以及潮湿的床毯散发出的腐烂蔬菜味。阿明慢慢地将伯尔尼德的上身扶直，然后用双臂搂住他浸满血污的身体，将他抱出浴缸。伯尔尼德全身的重量压在阿明身上，他不由得踉跄后退了几步。"别这样，伯尔尼德，你得帮帮我，"阿明轻声催促说。"单靠我一个人不行。"

"我会尽力的。"伯尔尼德觉得阿明的声音仿佛是从很远的地方传来的。

伯尔尼德张开双腿，往前迈了几步。他浑身直打战，不知往哪里落脚，随即稳住自己，挺直身体。眼前直冒金星。“就这样，好极了，”阿明说。“靠着我，再往前走几步。我们不用走很远。”

伯尔尼德往前迈了一步，将全身重量倚在阿明身上。他感觉自己像是在跑一场马拉松。他的身体受够了，早就想放弃不干。只是他的意志还在驱使他前行。

两人爬上楼梯，直奔屠宰屋而去。伯尔尼德瞥见房门在他身前敞开着。他集中全力将一只脚放在另一只脚前，挣扎着向目的地走去。

“快到了，”阿明鼓励说。“你知道你能做到。”

“让我歇一会，喘口气。”伯尔尼德请求说。

再次启程前，他们停了几分钟，步履缓慢沉痛。当他们最终到达那间格子小屋，伯尔尼德一头栽在床上。阿明用床单盖住他的身体，将同样硬邦邦的枕头塞在他脑袋下，仿佛刚将一个小孩哄了入睡一样。伯尔尼德闭上双眼，谢天谢地不用再往前走。于是他任由灵魂逃离他濒死的身体。

阿明踮着脚尖走出房间。每隔半小时他会察看一下伯尔尼德。同时，他一边看着电视。他漫无目的地在电视频道间切换，但没有什么有趣的节目。他换了好一会台，想让自己的思绪迷失在电视屏幕上不停闪过的刺眼图像中。很快，电视机幻化成一片背景噪音，他开始在脑海里盘算即将到来的宰杀的一切细节。

阿明看了下表。他将伯尔尼德扶上床后，半个钟头过去了。他得去看一眼，看他是否还活着。

伯尔尼德的状况还算稳定。虽然虚弱，但还有呼吸。阿明可以看见他的胸腔上下起伏。

阿明下了楼。电视他是看不下去了。他需要一些能真正分散他注意力的东西，让时间过得更快。他决定看一本《星际迷航》的小说。在这套系列小说描绘的幻想世界里，他发现自己最容易走神。

又过了半个小时。阿明检查了下伯尔尼德的脉搏。他能感觉到有规律的跳动。他将伯尔尼德的脉搏与自己的做了一下比对。伯尔尼德的脉搏慢多了，但还在持续地跳着。伯尔尼德动了下嘴唇以示回应，但阿明听不清他在说什么。

阿明离开房间，沮丧地将房门踢上。

怎么过了那么长时间，伯尔尼德还不死！他不知道自己还能等多久。时间怎么过得那么慢！他好想用自己的意志力让手表上的指针加速前进。刚过去的这一小时漫长得像是一生一世。他真希望伯尔尼德赶紧死掉算了！他回到客厅，愤愤然地卧在沙发上，没好气地重新拿起书本。他努力想让自己沉浸在《星际迷航》的世界里。他早就读过这个故事，而且很喜欢。

阿明一边浏览船员们在其他球星上的冒险细节，一边咯咯笑个不停。他不禁好奇，是否有允许吃人的其他星球存在。他想要是自己有一艘宇宙飞船的话，他一定会找一个所有最好的餐馆都提供人肉、而且所有最高贵的家庭每个晚上都会聚在一起畅享人肉的星球。他们拥有至高无上的权力这么做，人人大快朵颐。但穷人就只能吃四脚动物。特种肉店遍布全球，各种美味的吃人食谱应有尽有。不仅如此，在这个星球上，他无须掩饰自己的欲望。大家不但接受而且还欢迎他。即便母亲也会恩准他的吃人习性，甚至还因而表扬他。他勾画出了一个好几英亩大的年轻人人肉市场，消费者可以人人手拿剃刀，任意从待价而沽的年轻男孩的屁股上割下几片肉尝尝，在他们最终决定挑选哪位幸运男孩烹食之前。

再过一会，上述一些情景也将在这个星球上发生。他扫了一眼手表。又过去了四十分钟。又该去看看伯尔尼德了。

阿明慢慢打开伯尔尼德临时卧室的门。他惊奇地发现，伯尔尼德竟然醒了过来；他将身体翻过来对着他，看着阿明进入房间。

“很高兴你在，”伯尔尼德说，声音虚弱。“我很想上厕所。我刚才睡觉还梦见要上厕所，然后就醒了过来。我真的想撒尿，但我不知道还能不能。你觉得呢?”

阿明想了一会。“当然可以。我是说，即便你的鸡巴不在了，你的尿管还在。应该还能撒尿。”

“那你愿意帮我吗?”伯尔尼德说。“我实在没有力气自己去上厕所。”

阿明将伯尔尼德从床上扶起来，支撑着他的身体。伯尔尼德踉踉跄跄走到洗手间，靠着阿明。在阿明的帮助下收缩膀胱。肯定很痛，但伯尔尼德现在仿佛麻木不仁，对疼痛毫无感觉。

“经过一次像你那样的手术，很难想象身体机能还能保持运转，是不是?”阿明评论道。“真是让人叹为观止。”

伯尔尼德点头以示赞同。现在连说话都会耗费他大量体力。他只想躺回床上，长眠不醒。他知道自己的生命已经到了尽头。很快最后一束光也会被永远熄灭。他庆幸不用与死亡搏斗。他好奇的是，如果真有天堂，如果真有来世，他在哪才能与母亲团聚。不，不可能了。他的人生已达终点。一旦他死去，什么也不会留下来。世上将永远没有伯尔尼德·尤尔根·布兰德斯这个人了。消灭。湮没。“我不觉得自己还能活多久，”他平静地说。“我正在一步步向深渊滑去。”

“我知道。”阿明说。

“我很虚弱，非常虚弱。我的能量即将耗尽。但我很高兴，夙愿得享。我快死了。”

阿明笑了。“还有什么是你想要的或需要的?”

“临终请求，你是说?”伯尔尼德回道。

“是的，没错。”

伯尔尼德闭了一会儿眼睛。在他的眼皮后，黑暗正在扩张。他觉得自己听到了远处有人跟他说话，声音甜美、悦耳，是一种他从未听过的语言，但又似曾相识。但很快他又觉得，兴许是窗外掠过树林的风声吧。

“是的，我知道你能为我做什么。少安毋躁，直到我完全失去知觉。然后我想你割裂我的喉管。但只有在我失去知觉后，而不是之前。我已经流了很多血，很快我就要死了。”

阿明高兴还来不及。他早盼着用一把冰冷、锋利的尖刀深深刺进伯尔尼德的喉咙，看着血喷涌而出。他盯着沾满血污、残损不堪的伤口，那是伯尔尼德被阉的地方。他想知道伯尔尼德究竟流了多少血，一个人到底要流多少血才会死去或者至少是失去知觉。伯尔尼德现在的脸色跟死人一样苍白。

“快了，快了。”阿明说。

“是的，”伯尔尼德回答。“终于。你不用等太长时间，我的朋友，就能吃到我的肉。”

16
难题

凌晨三点半，伯尔尼德终于完全失去了意识。

阿明照例来做检查，盯着一具死气沉沉的身体。伯尔尼德貌似比往常重了许多，也冰冷了许多。阿明试着碰碰他，看他是否真的毫无知觉。一点反应也没有。他掀开伯尔尼德的一只眼皮，在他耳朵边打响指。依然没有反应。

阿明高兴极了。

“你没有知觉了，是不是，伯尔尼德?”他大声说。

伯尔尼德没有应答也没有醒来，阿明冲出屋子，浑身洋溢着能量和活力。他得换上自己早已备好的屠宰装：一件蓝黑色的睡衣裤，威灵顿靴子，以及一条他死去母亲的床单，他将它披在身上当围裙穿。

他不想有任何血液溅到他最好的睡衣裤上。

阿明准备好开始工作。他又打了几次响指，试着想起所有他该做的事情。对了，可别忘了摄像机，他想。我得重新把摄像机打开好拍下整个屠宰过程。他走回屠宰屋，将摄像机打开。他不打算将拍下的屠宰录像拿出去卖钱；之所以拍录像纯属自娱自乐。他希望这些影像能不时让他重温自己一生中最辉煌的时刻。这次宰杀将在他的完全控制下进行，阿明打算通过不时回放录像来延长这一莫大的乐趣。他有点难以相信，这一时刻终于到来了。将伯尔尼德的裸体从床上拖到屠宰桌上时，他变得越发激动。伯尔尼德本来就重，不好搬动，但即将来临的宰杀让其兴奋，赋予了他额外的力量。他将伯尔尼德推到桌子中间，将他的四肢摆好，让他的脸直直朝上、四肢自然伸出躺着。这就是自愿为他赴死的待宰羔羊。看着他的身体时，阿明对自己说，多么精美的人体标本。他选对人了。

伯尔尼德的胸膛还在轻轻地上下起伏；他还有气。

阿明检查了下他的脉搏。还在跳动。

伯尔尼德的眼皮不时轻跳着，仿佛正在默默地背念祈祷。阿明心里打了下退堂鼓。他最怕的就是这一部分，宰杀的部分；他倒宁愿伯尔尼德自己跳出窗外死掉或是上吊自杀。这样在吃掉他之前，他只需将其尸体砍成碎块即可。不过如果伯尔尼德以这种方式死去，他的肉难免受到挫伤损害，而阿明又不想吃破损的东西；他要的是完好、美味的肉食。他不得不如此；除了杀戮他别无选择。“事已至此，”他对自己说。“我不得不面对。”

伯尔尼德看起来像是死了，一动不动，躺在血污中，皮肤上有蓝色的斑块，但他的胸膛还在轻微起伏，表示他还活着。

阿明检查了下伯尔尼德的眼睛是否完全闭上，吻了他一下。他深深吸了几口气。现在回头也来不及了。他又在伯尔尼德的嘴上长长地吻了一下。他闻到了伯尔尼德的气味，这让他想起了一天前他们双唇交错时的热吻，在激情中他们四肢缠绕在一起。他立刻将这一记忆逐出脑海。他不能再多愁善感了。杀戮只是一种必要的恶，是手段而不是目的。阿明长长地出了口气。“再会了，我最亲爱的朋友。是说再见的时候了。”

阿明被这一时刻的圣洁打动；他想起了母亲的死和她的葬礼，当时他的兄弟和父亲都在身边。他试着回想牧师在葬礼上说的话。牧师好像说过他母亲一生体面、良善，祝福她在另一个世界里也同样如此，诸如此类的话。阿明也决定为伯尔尼德祷告，最后一次向他致敬，给他举办一场得体的葬礼。他交叉双手放在胸前，开始祷告：“全能的天主圣父，谢谢你创造了躺在我面前的这个人。谢谢你允许我在他死后吃掉他的身体，以让他的灵魂永驻我身，从而延长他的生命。希望我的朋友死得干净漂亮、毫无痛苦，希望所有他的亲朋好友和他心爱的人继续在这个地球上安居乐业、永受神佑。就我所知，伯尔尼德·尤尔根·布兰德斯是一个端正、聪明、善良的人。希望他永远这么被人记住。他自愿赴死，送我一个伟大的礼物，光凭这一点，我将永远心怀感激。”阿明停了一下，搜寻合适的字眼。祷告的下半部分对他是最大的难题。“上帝啊，请原谅我即将采取的举动。我不知道在你无所不见的眼里，这一举动到底是好是坏，但请你理解，我为何如此行事。我恳求你宽恕我所有的罪孽，特别是我即将犯下的这一罪孽。阿门。”

当他拿起一把长柄菜刀时，手抖得很厉害。他紧紧握住刀柄，以致手上都留下了刀柄的印痕。这是一把大菜刀；刀锋有十八厘米长。阿明扶起伯尔尼德的头，向他苍白的喉咙刺去。他听到了血从喉管流出、滴到地板上的声音。他又在喉咙上刺了几下，杀死了伯尔尼德。

整个过程耗时三分钟左右。

从伯尔尼德的阴茎被砍下，到他死去，足足花了九个半小时。阿明脸上露出笑容，如释重负。他觉得自己不再是一个无能为力的无用之人；相反，现在他是这个世界上最有权势的人。凌驾于其他人之上，他是最优秀的！他是刚刚捅死了一个人的人！他放声大叫：“耶！”声音嘹亮而强势。他不敢相信自己动手而且做到了！他真的杀了一个人！他转向尸体，希望伯尔尼德分享他的快乐。“这种感觉真让我难以置信。我一生的梦想终于实现了。”

接着，阿明陷于一系列自相矛盾的情绪中不能自拔。

首先是憎恶：他厌恶自己不得不亲自动手杀戮，也鄙视伯尔尼德竟然同意他这么做。接着他又感到愤怒。他痛恨自己对人肉的嗜好以及他无力扭转的反常幻想，竟将他逼到了如此绝境。他体会到的第三种情绪是负罪。他的潜意识告诉他犯罪了，在一些人眼里还会被认定为谋杀。体内有个声音提醒他生命至高无上，是足以万分珍视呵护的礼物，而不是施以毁灭。但伯尔尼德在自己的死亡中是一个自愿的参与者……

阿明在内心里为自己的罪行辩护："我不想杀害或伤害任何人。伯尔尼德在自由意志的驱使下，找到我结束他的生命。对他，这是死得其所。我只是按他的要求、他的欲望行事。"

负罪之外，阿明又感到了一丝悔意。他最大的遗憾是，在刺死伯尔尼德之前，没有更好地了解伯尔尼德，他是那么好的一个人。

但是很快，上述负面情绪就被连根拔除了。

强烈的愉悦和刺激感流过阿明体内，当他沉浸在自己拥有随意处置那具死尸的权力中时，他不禁心花怒放。又一次，他觉得自己至高无上、不可一世。他手上有一具尸体，可以被他玩弄于股掌之间！他真的实现了毕生的梦想！这世上很少有人能这么说，他在心里骄傲地想到。"我有过幻想，而且最终我实现了。"他笑着说。

他找到了亲兄弟，而且杀了他。

现在他要做的只是将其剁成碎块，一块一块吃了他。

阿明相信，当他消灭了伯尔尼德后，他的肉身将长存在其体内，就像死人的眼睛或心脏被捐献给活人做器官移植那样。没错，就像器官捐献，只不过带有更多的精神意味。吞食伯尔尼德的肉体将不只是身体移植，而是两个灵魂的融合交错。阿明感觉自己像是刚与伯尔尼德成婚，而不是杀了他。

"我觉得前所未有的圆满——就像我们刚刚结过婚一样，"他对着伯尔尼德的尸体喃喃自语，充满爱怜地抚摸他死去的脸庞。"我是不是会进监狱或因而受惩罚，我压根不在意，只要我能永久记住这一时刻。”

阿明感受到一种极端的性快感，但不是因为他和伯尔尼德之前分享过的性爱。现在让阿明春心荡漾的是他即将吃掉躺在他眼前那张屠宰桌上的尸体。吃掉伯尔尼德的身体将是亲密的最高形式，纯粹的性行为与之不可同日而语。他想将伯尔尼德体内的器官一个个挑出来，摆放整齐。一想到吞咽伯尔尼德的肉，他不由自主感到一种甜蜜无比、色欲难挡的悸动。再想到烹调和消化他的第一份“人排”，那更是其乐无穷。“我敢打赌你也等不及了，想让我快点吃掉你，是不是!”他用玩笑的口气对伯尔尼德说。

“哦，你这幸运的家伙。哪辈子修来的福。世上最美的事莫过于此了。”

17
分尸

阿明轻拍死去伯尔尼德的脸。他手指下的皮肤冰凉。一种对伯尔尼德的温柔感征服了他；这可是他的心灵伴侣，他想记住他的音容笑貌。特别是一旦他被剥了皮后，那时想认出他的脸将难于上青天。

“伯尔尼德，该为你举行充满爱意的食人魔丧葬仪式了，”他说。“你的身体不会被埋在地下浪费掉，也不会被烧成灰炭。别担心。”

阿明在屠宰桌上将伯尔尼德的尸体轻微拉到他这一边。居高临下俯瞰尸体，他感觉强大有力。这是对他力量的绝佳证明。很快他就能满足自己的吃人——或是叫“长猪”，烹饪史上都这么称呼人的尸体——欲望。阿明希望这具经过充分锻炼的身体肉质娇嫩。若有一点点脂肪更好，那将成为多汁、美味的五花肉，而光凭肉眼的观察，伯尔尼德身上的脂肪不多不少正合适。

阿明一边用手抚摸着尸体的大腿部位，一边对他死去的朋友说话。“我等不及用牙齿咬你肌肉紧绷的大腿和丰满结实的屁股。很快我就会宰了你，吃下你淫荡的肉。”他看了眼手表。要将一具完整的尸体分成方便食用的肉块，可不是一件轻松的活儿。他最好早点动手。应该先将伯尔尼德吊起来。

阿明将伯尔尼德的尸体头朝下挂在一个肉钩子上，放血、清洗。

他先将双脚拉起，脑袋成下坠之势，像猪一样好让身体将血流干。这被称为“盖恩吊法”，是他从食人魔网站上学到的。他在伯尔尼德的手上打了几个简单的绳结，将双臂放好，以便于他接触到躯干。现在该开始放血了。阿明在伯尔尼德的脑袋下放了一个大桶，抓起大菜刀，朝下巴的一角插入一英寸深。刀锋在人肉中穿行的感觉真是奇妙。他自豪地看着他的第一个切口。接着他沿着与耳朵平行的方向，刺穿了他的脖子和喉管，正好延长了他早先刺向伯尔尼德喉咙那致命一刀的刀口。他知道这样会割掉内动脉和主外动脉，将血从心脏导向头部、脸部和脑部。伯尔尼德的血喷涌而出，他后退了几步远离尸体。一开始血的流量极大、流速也快，再慢慢变弱，阿明将血都导向了容器。他盯着血喷涌而出。接着他揉了揉尸体的四肢，将血往上身的方向赶，又挤压他的肚子，好让剩下的血排出。他从阅读中得知，像伯尔尼德这样一只成熟的“长猪”，正常情况下，体内应该有六升左右的血。尽管如此，他还是不能相信伯尔尼德体内怎么会有那么多血可流——且不说他之前还被阉过一次。

从伯尔尼德体内流出的血逐渐止歇了。阿明盯着装满了血的水桶和被溅得到处都是血点的地板和墙壁。回头他得找个地方将水桶扔了。

放完了血，阿明准备接着将他死去朋友的脑袋砍下。他将脖子上的肌肉和韧带一片一片割下来，接着双手抓住伯尔尼德的脑袋，一把就将脊椎骨与颅骨连接的部位拧断，干净利落地将脑袋拿下。

阿明盯着伯尔尼德被分离的脑袋。人类的大脑不好吃，他早有耳闻；他还知道，不打开颅骨，很难将那一团大脑取出。食人族传说中的处理方法是将颅骨放在一个屋外的铁笼子里，让蚂蚁、蛆虫之类的食腐动物将骨头上的肉清理干净。但以他的居住环境，更可行的方法是将颅骨锯开，取出大脑，不过这会耗去他大量的体力。算了，他决定放弃这一方法，就原封不动地将颅骨放着。这样接下来的乐趣伯尔尼德也有份。他喜欢和伯尔尼德聊天，也不想现在就停下来处理脑袋的事。

阿明抓住伯尔尼德脑袋上的头发，将它放在桌子上，这样他就能一边肢解身体一边跟他交谈。

“伯尔尼德，待在那，”他对着被分开的脑袋说。“好好看着。你也想看，是不是?”伯尔尼德的眼睛闭上了，但这不妨碍阿明跟它说话，仿佛它能看见似的。他继续他的血腥工作，一边说：“别担心。我会善待你的。”

阿明家的农舍。因其荒废破旧，被当地人称为“鬼屋”，但在他母亲眼里，却是一栋体面的“乡村别墅”。

农舍的院子里停满了报废的汽车，阿明虽有心，但从未好好打理过。

除了报废的汽车，院子里还堆满了其他杂物，阿明对母亲的“乡村别墅”很不上心。

农舍内的景象也是一片狼藉。大部分时间阿明都坐在电脑前上网，浏览互联网上的食人网站。

打小母亲就对阿明严厉万分，在她死后，阿明的吃人幻想日益明晰而残忍。

伯尔尼德·尤尔根·布兰德斯在给阿明的电子邮件里说：“我已没有退路，只能前行，穿过你的利齿。”活生生被阉割、吃掉，这一直是他的梦想。

卡塞尔火车站外景，阿明在这里接走了伯尔尼德·尤尔根·布兰德斯。

阿明自己动手改造的屠宰屋。门口处的电炉子是应一个潜在受害者的要求放置的，此人想“活活被烤了吃”；墙角处的大木头笼子则是为了满足另一个潜在受害者的幻想设置的，这个人喜欢像动物一样被关在笼子里。

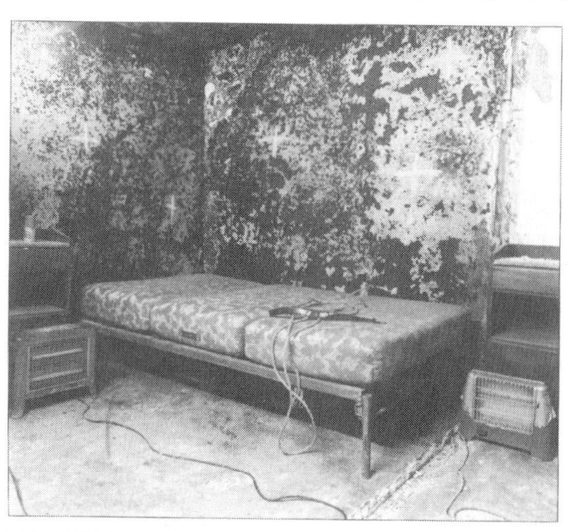

屠宰屋里的小破床和阿明自制的大鞭子，很多应征而来的潜在受害者被阿明绑在床上过。

储藏伯尔尼德尸块的冷冻箱。警察还在箱子里发现了一只死耗子和一块冻坏了的匹萨。

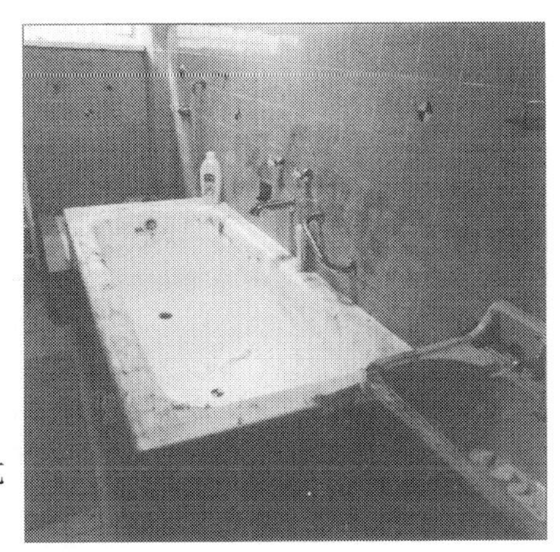

伯尔尼德被阉割后躺过的肮脏、残破的浴缸。

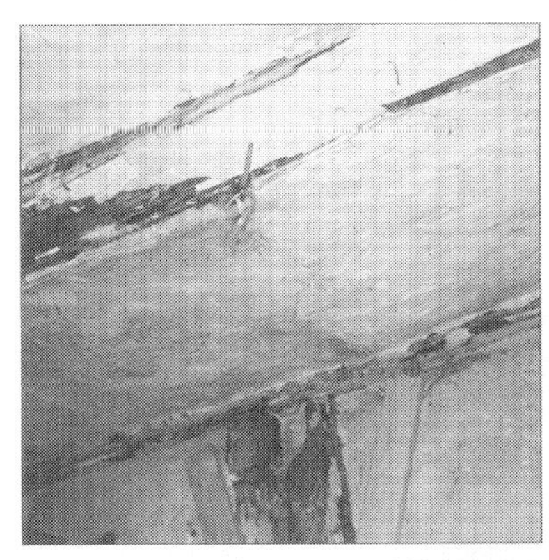

屠宰屋天花板上的铁钩子;有几个潜在的受害者曾被阿明吊在铁钩子上，但最终都改变了主意，被阿明放走了。

接到一个大学生的通风报信后，德国警方赶往阿明家的农舍。

阿明用来分割伯尔尼德尸体的锯子。

警察将农舍的地面搜了个遍，寻找伯尔尼德的残骸——以及其他可能受害者的尸骨。

庭审期间阿明每天都出席，衣冠楚楚、镇定自若。他双手交叉置于身前，在法庭上为自己辩护。看到阿明不是什么长着三头六臂的怪物，旁听者略感失望。

甘瑟·库尔默，“罗腾堡吃人事件”的首席调查官。

“罗滕堡吃人事件”的庭审吸引了全球媒体的关注。

庭审期间以及法庭对此案做出令人震惊的判决后，阿明邻居的平静生活碎裂了。

铁窗生活没有给阿明造成痛苦，相反，他觉得自在悠哉。

接下来该剥皮了。阿明之所以想将皮剥掉，一方面是为了呈现伯尔尼德的肌肉构造，同时也为了除去皮肤上的毛发和分泌汗、油的腺体；它们会让人大倒胃口。他知道人体的皮肤由两部分组成：外面薄的一层和底下稠密的组织。他大致算好皮肤表层的厚薄，掌握好深度和方向，轻轻用刀割开，再切向表皮下的皮肤组织。

每部分他大概切开了一英寸的薄片，接着再分别将它们撕开。这可是件细活。在脂肪多的地方，他小心地将皮肤与底下的脂肪分开。这会发出一种明显的嘶嘶声，阿明的身体则因兴奋而打战。他垂涎欲滴地盯着裸露的红色肌肉。接着，他将伯尔尼德的阴囊从身体上摘下来。

他又跟脑袋说："我敢打赌你一定很后悔，不能跟我一起吃这些早餐，是不是，伯尔尼德?"

剥完皮后，阿明开始取内脏。他从胸骨和肚子之间的腹腔神经丛切开，一直切到快到肛门的地方。他小心翼翼地不伤到大小肠，以免里面的粪便和细菌造成污染。他让刀在肛门处停下，用线将肛门扎起来。这也是为了防止污染，不让身体排空肠子里的东西。

阿明用锯子将耻骨锯穿。下体现在门户洞开，他开始将内脏剥开。手上抓着大小肠、肾、肝和胃，将它们从腹腔割开，他长长地出了一口气，满怀愉悦。手上那堆东西滑滑的，他喜欢这种感觉。一想到这些器官以前可是驱动伯尔尼德身体的部分引擎，他不禁惊叹万分。

肢解伯尔尼德的身体时，阿明如处天堂。他觉得自己大权在握，可以任意处置伯尔尼德的尸体。一切将依据他的计划行事。在食人魔网站上浏览了那么久，他从心底里记住了开膛破肚的最好方法——他只需将理论付诸实践即可。

阿明听到轻微的咔嗒声，不由得跳了起来。他停了一会，心里奇怪这声音从哪发出来的。他瞅了一眼伯尔尼德的头颅，仿佛希望这个被砍下来的脑袋能给他一个解释。他跃过房间检查设备。

原来是录像带用完了。

他觉得有点恼火；为了将他的荣耀时刻凝固在当下，唯有拍摄录像一途。阿明褪下屠宰装，血和内脏都撒在了地板上。满屋子都是伯尔尼德的成分。阿明躲开那堆杂碎，走到水槽去洗手。他用力将手上的血洗干净，将水洒在脸上，还换了一套衣服。“这样好多了。”他说。

他离开支离破碎的尸体，冷静地开车前往罗滕堡，又买了一卷录像带。

阿明悠闲地在罗滕堡的街头上漫步。买录像带时他怎么付的钱，又是怎么回到车上去的，他压根没留意；他的思绪都集中在屠宰场上。他等不及想把伯尔尼德的上身大卸八块。好不容易回到了农舍，他一口气爬上楼梯，将新买的录像带插入摄像机，又穿上他那身沾满血污的屠宰装。

他转头对头颅说：“我回家了，伯尔尼德。但愿我离开的时候，你一个人不会太寂寞。”

阿明重新开始工作，现在该切开尸体的横膈膜了。这层发达的薄膜将上身的胸腔和底下的腹部分开。他切开胸骨，将两边与肋骨相连的地方砍断，接着又用锯子将胸骨与锁骨锯开。他掏出伯尔尼德的心脏，以一种胜利的姿势，用手高举过头。他取出肺部，从伯尔尼德被切断的喉咙拿出喉头和气管。

"现在我终于把内脏都掏空了。"他满意地说。

他剪断血管和任何与尸体内部相连的剩余组织，用水冲洗干净。

现在，他准备好开始真正的屠宰工作。

阿明向腋窝砍去，一直砍到肩膀处。他将肱骨（上臂的长骨）与锁骨和肩胛骨分开，接着又在手腕上方大约一英寸的地方将手砍下。肘部和肩膀之间的上臂肌肉组织发达，整只手这里的肉最多。他将肘关节分开，上下手臂在这里完美地接合在一起。

接下来该劈开身体了。他又砍又锯，好不容易将脊椎骨与尾骨分开。接着他卸下两条腿，在脚踝上方大约三英寸的地方将两只脚砍下。腿脚相连处的骨头很粗。

真不容易。

接着阿明将身体两边的肉主要分成两大部分：肋骨和肩膀处；骨盆和腿。在这两部分之间是腹部，他打算用那里的肉做菲力、小排或熏肉。他还决定将特别大片的肉做成煮肉卷（将长条状肋肉等卷成直径 13 厘米左右的肉卷，煮熟后做菜用）。肋骨烤着吃尤其美味。

他移动到尸体上肢处的一边。将脖子上的肉剔除干净，照着肩胛骨的轮廓一路切下去，除去骨头上的肉，将大骨头分开。他又沿着锁骨的方向切下去，割下骨头上的肉，并强行将锁骨打开。

“哦，好可爱的一块肉，伯尔尼德。”他说。

接下来轮到下肢。这是全身肌肉最多的地方，尤其是在腿部和臀部，其中尤以大腿和屁股为最。他从小腿后面切下了一整块腿肚子肉，暗自为自己的刀法得意。他以前花在自行车和健身房里的大把时间总算没有白费。阿明对准屁股末梢处将大腿砍断，接着清理没有多少肉的膝盖。他又开口跟头颅说：“亲爱的，你的大腿肉将被做成黏稠、滚圆的大肉排。”他从骨盆开始将屁股上的肉剔下来。剩下的肉都在大腿上。

基本上工作到此就结束了。

阿明退后站住，自豪地检视着他的成果。整个过程虽然花了他好几个小时，但收获也颇丰。

一场真正意义上的盛宴就在他眼前。

现在他只需将杂碎和废物清理掉。他双手捧起一大把内脏，顺溜着丢进垃圾桶，发出重重的扑通声。

“很快你将和我融为一体，亲爱的朋友。”他说。

18
毕生之极乐

阿明站在花园里，沉浸在遐想中。思绪将他带回了母亲的葬礼。当他想到母亲的棺木轻轻地被放到墓穴里时，心里不由得一阵绞痛，还有母亲死后无尽的空虚。这回，他不会被抛弃了。这回，他的朋友将永远和他在一起，无论在身体还是精神上。

阿明抓起一把铁锹，动手在他废弃的花园里挖一个深坑，去掉土壤里的石子和野草。葬礼开始前，他得先挖一个坟墓。这是他为伯尔尼德的骨头、皮肤和内脏选定的埋葬之所，恰好在他当初下葬那条阿尔萨斯大狼狗的隔壁。伯尔尼德身体的其他部分分崩离析，此刻正躺在厨房里，准备下锅，可不会被埋在这里。至于伯尔尼德的头颅，暂时也不会被埋在这里——阿明还舍不得和它道别。稍后他才会把头颅埋了，他向自己保证。当然，他会将头颅保存在冰箱里，而不是随处乱扔。

临时坟墓挖好后，阿明煞有介事地双手摆出祈祷的架势，脑袋微微前倾。他选择在这即兴仪式上吟诵《诗篇 23 篇》[①]；这是他最喜欢的一首赞美诗，总能让他心绪平静。他凭借记忆开始朗诵，吐字清晰：“耶和华是我的牧者，我必不至缺乏。他使我躺卧在青草地上，领我在可安歇的水边。”他严肃地将伯尔尼德的残骸扔进墓坑，嘴里还一本正经地继续背诵赞美诗。“我一生一世必有恩惠慈爱随着我，我且要住在耶和华的殿中，直到永远。”背完这首赞美诗时，他正好将伯尔尼德的最后一块残骸扔出。接着他平静地祈祷说：“我们在天上的父，愿人都尊你的名为圣。愿你的国降临。愿你的旨意行在地上，如同行在天上。我们日用的饮食，今日赐给我们。”即便他上中学时每天都朗诵这一祷辞，他还是停了一下，才结结巴巴地念出下半部分：“免我们的债，如同我们免了人的债。不叫我们遇见试探，救我们脱离凶恶。”

他的罪会被宽恕吗？还是他会受到永久的诅咒？洪荒初开以来，他不是第一个吃人肉的，这点他很清楚；他原始时代的祖先

---

① 《诗篇 23 篇》全文为：“耶和华是我的牧者，我必不至缺乏。他使我躺卧在青草地上，领我在可安歇的水边。他使我的灵魂苏醒，为自己的名引导我走义路。我虽然行过死荫的幽谷，也不怕遭害；因为你与我同在，你的杖，你的竿，都安慰我。在我敌人面前，你为我摆设筵席；你用油膏了我的头，使我的福杯满溢。我一生一世必有恩惠慈爱随着我，我且要住在耶和华的殿中，直到永远。”《圣经》诗篇第 23 首简洁优美，反映了和谐的人神关系：人信赖上帝，上帝佑护人类并为人类指明道路。

就经常吃掉他们的朋友或敌人。但他会不会因为重新唤醒了人类心灵阴暗过去中的一种原始存在而受到惩罚？还是他能获准平静地度过余生，为实现了自己的夙愿而心满意足？阿明立即抛弃了头脑中关于负罪和赎罪的想法——这个话题太大了，不是他现在所能掌控的。

他拾起铁锹，开始慢慢地往坟墓里填土，直到土刚好没过伯尔尼德的残骸。他象征性地用双手捧起最后一把十，将手指张开，目视着泥土穿过手指，撒在坟墓上。他用铁铲将坟墓的表面弄平整。实在很需要一束鲜花或是一个十字架，但他又不想冒险引人注目。最好的情况是，它不会引起任何邻居或是访客的注意。花啊——草啊——最终会自己长出来的。

葬礼到此结束。

接下来该好好大吃一顿了。

"永别了，朋友。"阿明说，转身走进了屋子。

阿明准备将他刚收获的人肉锯成适合食用的肉块。

他喜欢双手充盈了滑溜溜人肉的触感。他手里抓满了人肉，高举过唇鼻。一想到有一整块肉被他吞进体内，他的胃口不由大涨。他满怀愉悦，试着想辨认出躺在他面前的肉块是身体上的哪一部分，以及当伯尔尼德还活着时，它们在他身上是什么样子。他一丝不苟地在餐桌上将不同的肉块分类，简单明了地将它们标记为"臀肉"、"肉排"、"里脊（菲力)"、"腿肉"和"背肉"。

“哦，不用说也知道，摆在我面前的可是一大堆美食啊。”他兴奋得大叫。

他将肉分类打包装在塑料袋里，再将它们放在冰箱里，边上是一块冷冻比萨。想到好一阵子有源源不断的肉可吃，他高兴极了。而且种类如此齐全！他还能大大省上一笔——只需买一些蔬菜和面食作为附餐就可以了，接下来几个月里，他不用愁吃的！

阿明期待着第一顿人肉美食的到来，心里的兴奋感无时无刻不在增加。但他知道不能心急，得把肉腌上几天才能吃。为此，他不得不忍饥挨饿，就着罐装的番茄汤，吃上几块脆饼和薯条。

他寻思该从哪块肉下手煮了吃。在炉子上来顿烧烤如何？或是来一块硕大多汁的油炸排骨？等天气好点了，他还能做一些汉堡包和炸肉卷，放在烤架上烤了吃。或是做些肉丸子当午餐吃。他还可以切下一些细肉丝，和其他东西一起炒了吃，或者是做成肉糜，做一顿肉酱意大利面……烹食人肉的可能性真是无穷无尽。

阿明决定留下伯尔尼德的一只胳膊和一只脚。他想来点小实验。他将胳膊放在炉子上烤，让其脱水变干，再将它挂在厨房里，像意大利帕尔玛那些风干了的火腿一样。不幸的是，伯尔尼德干枯了的胳膊带给他的审美冲击，与意大利火腿完全不搭调，一怒之下，他决定将胳膊研磨成粉。他将胳膊上取下的骨头肉放在一个旧的面包存放箱里。他确信有朝一日，此物必有其用。有了这回教训，他下决心在对待伯尔尼德的断脚上应该更有创意。

他把整只断脚放在锅里滚，再将其取出放在盘子上，用番茄酱涂上一遍，造成脚上鲜血四溢的假象，还用草料加以装饰。接着他又拿出一个碗，碗里装满沸水，将碗放在他精心装饰过的断脚后头；他想让伯尔尼德的残肢看起来像是在往外冒水蒸气。他盯着那只沸腾了的脚。为自己的艺术才华倍感骄傲，但毫无吃下它的胃口，一点胃口也没有。不过只要看一眼这个奇异的装置，他就能获得愉悦。这个真实的人体部件比他以前用杏仁蛋白软糖仿制的那些玩意可好多了。他啪啪拍照，心里想要是有“人脚拜物教者”看了我的作品，一定会激动坏了。他想知道若是他将这些照片发布到网上，人们会不会意识到他们正在欣赏的可是真刀真枪的死人脚……从他个人体验来说，他觉得那些有恋脚癖的人真是难以理解——这不会勾起他任何性欲，不像刚被宰的新鲜人肉……

阿明盘算着近在咫尺的人肉盛宴。有生以来，他从未感觉过如此快乐、兴奋和强力。在他生命中，好像没有什么东西是他不可以占有的。他会永远带着昨天一系列不可思议事件的记忆。一直带到他的坟墓里去。

别忘了他还有录像带可看，可以随时重温他的丰功伟绩！三盘录像带，确切地说，长达四个多小时。他放入第一盘带子，看着自己和伯尔尼德在屏幕上走动。在录像里看自己的感觉很奇怪，更别说听自己说话了。他的声音原来是这样子的，这让他自己都大吃一惊。录像唤起了他对昨天每一时刻的记忆，而当他看到自己最为珍视的梦想一步步实现时，他在宰了伯尔尼德后首次体会到了性快感。他感觉在手的摩擦下自己慢慢勃起了。当他看到残忍、色情的屠杀场景时，他更是不得不手淫。很快，当他在录像上看到自己扯出伯尔尼德的内脏时，他便淹没在汗液和愉悦的呻吟声中。他不停地按暂停键，来回倒带，而当他一遍遍地欣赏自己最喜欢的场景时，快意阵阵袭来。

“这是我毕生之极乐。”欣赏完了录像带后他说。

阿明人生梦想的第一步已经实现了。他杀了一个自愿赴死的牺牲者。接下来，他已准备好吞食和吸收其身体和智慧，向伯尔尼德致敬。

19
愿我不再孤单寂寞

伯尔尼德死去已两天。他的身体被吊起放血后可以吃了，肉质娇嫩易切。阿明将一块洗过熨过的桌布铺在餐桌上。从头顶上母亲摆放餐具的橱柜里拿来两个瓷盘，从厨房抽屉里拿出他最好的刀叉。草草擦了一遍，除去上面的尘埃，小心翼翼地将盘子和刀叉在桌子上摆放整齐，接着在他座位边折好一条白色整洁的餐巾。为了营造一种私密的氛围，他还在桌子上点起了蜡烛。似乎还嫌不够浪漫，他又放了一瓶鲜花。他还寻思要不要把收音机拿过来，可以一边吃一边聆听古典音乐，最后想想还是算了。

他想全神贯注将注意力集中在食物上。

这将是他一生中最重要的一餐。他即将第一次品尝到人肉。他特意从伯尔尼德的身体上精挑细选了一块。现在它正躺在餐桌上，等着被阿明处置。他在内心里斗争了好久，究竟如何做这顿饭。最后他挑中了一大块血红的肉排；能让他将牙齿完全咬进去，好好嚼上一番。至于食谱，他从食人者网上论坛里找到了一份，是特意为吃人肉量身打造的。他为找到这一食谱而高兴，因为第一顿人肉大餐他不想过于实验。若想即兴发挥，后面有的是机会。

阿明将所有烹调佐料放在砧板上。蜡白的新鲜土豆，意大利牛肝菌，还有小椰菜和其他调料。他开始给土豆和牛肝菌削皮切片，将大蒜剁碎。等到要准备肉时，他满心欢喜地抚弄那块血红肉排，惊喜地发现肉质还新鲜。接着他用冷水将肉洗干净，用一块洗碗布将肉拍干，又用一根擀面杖将肉软化。他很喜欢用擀面杖击打人肉的感觉——他甚至能想象出伯尔尼德皮肤上将出现的青斑，如果他还活着的话。

阿明往煎锅上倒了一大份特别纯正的橄榄油，又将剁碎了的大蒜和少量肉豆蔻放进去。他轻轻抓住伯尔尼德的小肉排，将其丢进锅中。肉一碰到烧热了的锅底，就噼里啪啦响了起来，大量吸进橄榄油。阿明深深吸了口气，鼻孔里闻到了炸人肉的第一丝芳香。

他将炉子的火关小。几天前当他们试着油炸伯尔尼德的阳具时，他已经学到了一个教训，那就是人肉极其容易烧焦。尽管他已迫不及待想用人肉将嘴填满，但心急吃不了热豆腐。所有美好的事物都值得等待，他对自己说。再耐心点。

他把剥好了的小椰菜和土豆倒进一锅沸水里。接着他将满满一把牛肝菌撒到煎锅上。牛肝菌加上大蒜，味道肯定美极了，他想。他将干胡椒碾碎倒进锅里做调味酱。他先烤肉排的一面，再翻过来烤另一面。

肉排在锅里嗞嗞响，阿明得空洗了一个水晶葡萄酒杯，还将其擦亮。他早先已开了一瓶南非红酒，让酒透透气。血红色的美乐红酒简直是炸人排的绝配。他又将煎锅里的肉排翻了个身。上面不停有汁液渗出。厨房里充盈了人肉的香味，阿明一想到吃起来有多美味和娇嫩时，不由得直流口水。

他把火关掉。肉排现在大概五分熟，正合他的口味。他一向喜欢半熟的牛排，好让他回想起那是动物身上的哪一部分。与其他食肉者不同，他想一直将肉排的出处铭记在脑海中，而不是有了吃的就忘个精光。

他将肉排盛在一个已经在炉子上暖过的盘子里，撒上辣椒酱，又将在沸水里煮过的蔬菜捞到盘子里。

“终于开饭了，”他说。“伯尔尼德，你现在看起来好吃的不得了。”

他把裤子弄平，调整了一下领结，将餐巾铺在大腿上，在桌子边坐下。为了初尝人肉这一时刻，他等待了一生；不过再稍等片刻，他就能吃到了。他决定先祈祷一番，祷辞他还是小孩时就学会了。

感谢你让这个世界如此美好，
感谢你给我们提供食物，
感谢你让鸟儿每天歌唱，

感谢上帝给我们的所有。

阿门！

祈祷完后，他又加上了自己的几句话：

“主啊，我为这顿饭衷心感谢你，谢谢你为我提供食物，而我知道这个地球上还有许多人正在忍饥受饿。我希望这顿饭不仅能抚育我的身体，还能滋养我的灵魂。感谢你为我提供了一个终生的挚友，感谢你为我牺牲了伯尔尼德尘世的生命。愿我不再孤单寂寞。阿门！”

他拾起刀叉，在面前的肉排上切了一块肉。盯着肉片上棕色、红色和粉红色的色块。不愠不火、堪称完美。他庄严地将叉子送入嘴里，咬了第一口。

他意味深长地咀嚼，舌尖上还有人血的味道。伯尔尼德的肉温暖、可口，几乎要化在他嘴里。吃起来有点像猪肉。他以前读到过，猪跟人类很像，或许这能解释两者味道的相近性。他心里想着当他与伯尔尼德吻别时他的脸。“终于，我吃到了一个强壮、年轻男人的肉，”他对伯尔尼德的头颅说，他将它放在了身边的餐桌上。“这是我吃过的最好吃的肉。无与伦比！”

他细嚼慢咽，体会人肉从嘴里穿过，直落肠胃的感觉。伯尔尼德在他体内。现在他每吃一口，伯尔尼德都能与他的身体和灵魂融合。阿明不必再孤苦伶仃了。无论他日常生活如何孤单，伯尔尼德将永远和他在一起。平素他或许还会觉得不足、失落，但这回情况完全不同，那是一种神一般的感觉。上学时男同学们如何耻笑他怪异的穿着和习惯、在公开场合冷落他，已不再重要。他渴望拥有一个挚诚好友的漫漫长夜，也已被他远远抛在身后。现在，他是一个食人者，希腊语里的 anthropophagus，一个杀手。连吃人这一最阴暗的梦想他都实现了。无人比他更强大。

阿明看着盘子上剩余的人肉。既然已经吃了第一口，就没有什么能再阻止他。他开始大块大块地切肉，使劲撕咬咀嚼，直到榨出肉里的最后一滴汁液。他每吞下一口，死去朋友的记忆在他脑里更栩栩如生。如其所愿，伯尔尼德的肉确实饱满、超级美味和娇嫩。阿明每吞一口，心里都忍不住要抓狂。“我吃过的其他东西都赶不上这尤物一半好吃，”他享受地说。“这是我尝过的最美妙的肉。”他对着伯尔尼德的头颅大喊。吞食人肉的快意让他性欲高涨。吃得越多，感觉越强烈。他慢吞细咽，快感如潮水般滚滚而来，很快他就会达到高潮，他想。吞下盘子上的最后一小块肉时，强烈的性快感已让他气喘吁吁。接着他用一小片面包抹了一遍盘底，一点人肉汁也不能浪费。

吃完后，他志得意满地瘫在椅子上。是的，很多人、如果不是绝大部分人的话，一听到吃人，都会大惊失色、厌恶至极。他心里清楚，方才自己的所作所为实属大逆不道——至少在世俗的眼里。他心里清楚，自己扼杀了一条人命，而伯尔尼德则在他的家人、朋友和爱人中消失了。然而他又觉得，吃了伯尔尼德让他圆满，也给了他一个心灵伴侣。“我能感觉到我们又在一起了，亲爱的伯尔尼德，”他说。“每吃一口肉，我都记得你。”

阿明确信，吃掉伯尔尼德反倒让他俩更加心心相印；他还相信，一旦他消化了伯尔尼德的身体残余，他也将吸收他的技艺和品性。多亏了伯尔尼德，他现在觉得自己更强大、更聪明、更精通人情世故了。他甚至觉得伯尔尼德将英语水平也传给了自己，上学时他就想学好这门语言，但一直未能如愿。而他的同僚和邻居们压根不会注意到他起了变化。

他还相信，自己的行动有一种准宗教的意味。他想起基督徒如何在圣餐礼上隐晦吞食耶稣的血肉。他想起在最后一次晚餐上，当耶稣基督和他的门徒进餐时，耶稣如何象征性地强调人肉献祭的原始习俗，当时他催促门徒说：“你们拿去吃吧！这是我的身体。”还是小孩时，在罗马天主教堂里，阿明就受到教诲，确实有圣餐变体这回事：面包和葡萄酒经过祝福后，化成了基督的身体和血液。

吃完这顿饭，他已实现了人生的目标。

他迫不及待想吃到下一顿。

此后数小时里，阿明滴水未进，急切地在互联网上搜索食谱，甚至找出了母亲的烹饪书寻找灵感。他想用伯尔尼德的肉做出各种饭食，用各种可能的方式烹煮他，蒸、烤、炖、炒，遵循各类美食家食谱的指导。

最终他定下了第二天的菜单：“超级多汁炖人肉。”

又一次他在食人网站上找到了中意的食谱。

为了做这个菜，阿明先把一块肉滚满面粉，再撒上一些食盐和辣椒，抹上大蒜。接着他把肉放在锅里稍微煎了煎，再放到炉子里高温炖焙。

接下来几个月里，阿明差不多吃掉了半个伯尔尼德，煮食之前，他先把肉一块块取出解冻。他将伯尔尼德的肉煮成各种饭食：早餐就着鸡蛋吃，或是做成肉丸子当工作午餐吃，晚上他会好好做顿饭，一个人在家里慢慢享受。

此前阿明甚少做饭，但随着时间的推移，他对自己的厨艺越发有了信心。他收藏已久的食谱不断增加，其特色菜计有“蘸面炸人肝”、“波特酒汁炸二头肌”等。他经常就着一瓶麝香葡萄酒或是南非卡勃耐红酒吃饭。他没有邀请过任何人到家里进餐，与他分享这一特殊美食，也从未将他带到办公室的肉丸子分与同事吃；美味唯我独享。而尽管伯尔尼德的肉吃了一顿又一顿，阿明对人肉的热望依旧没有减息。

他一边吃着伯尔尼德，一边继续在网上打广告，引诱其他受害者。

20

伯尔尼德失踪了

2001年3月9日晚，柏林，夜幕降临，天色变黑。通常，伯尔尼德晚上七点半左右就会从办公室返家；要是星期五的话，他还会更早回家。即便偶尔和同事出去喝酒，他也会在晚上九点前赶回家，好和他的伴侣热内一起吃晚饭。现在已是晚上九点四十五分，他还没回到公寓。

热内绞尽脑汁：伯尔尼德没跟他说过当天有什么会面、会议或需要出差啊！以前如果需要晚回家，他的伴侣总是会打电话通知他的——他就是这么好一个人。热内又检查了一遍电话录音。一个电子声音提示他说“没有任何留言”。他不死心又试了一次，听到的还是同样的回答。他关掉手机又重启，确保手机没有出问题。手机屏幕清楚无误地告诉他：电池是满的，留言箱是空的。

没人给他留过言。

热内心里既不高兴又沮丧。

伯尔尼德没准在回家的路上撞到了几个朋友，于是相互邀约到酒吧畅饮一番，现在可能正在某个酒吧里觥筹交错呢。他至少该打电话告诉我一声啊，热内心里暗骂。没准我还会加入。伯尔尼德却一声不吭，电话也不打一个，把他一个人留在家里，这很不公平。热内之前已去过超市买了晚餐。他还买了瓶红酒和暖羊奶芝士沙。他切了几片芝士，意兴索然。他饿坏了，不想再等伯尔尼德。回家了他可以将就吃点点心，他对自己说。今天他可不想为他下厨了。

热内为自己倒了一大杯红酒，蜷缩在沙发上。他打开电视，看一个无聊的脱口秀节目。时间又过去了一两个小时，看起来伯尔尼德不到深夜是不会回家了。他不打算一晚上傻等，于是便上床睡觉。

第二天热内一早醒来，精力充沛。他慵懒地在床上打滚，正打算挨近伯尔尼德的后背，依偎在他身体的温暖里。但是床垫上的另一边冷冰冰的。热内伸了伸懒腰，翻身起床。

“早上好，伯尔尼德。你昨晚干吗去了？想来点早餐吗？”他说，强忍住一个哈欠。他穿上拖鞋，跌跌撞撞地向厨房走去。伯尔尼德不在那。也不在客厅里。热内又踱到书房，还检查了浴室。还是没人。

难道伯尔尼德一早就溜出去，跑到面包房买早餐去了？热内给自己倒了杯咖啡，坐在厨房的椅子上。他抿着咖啡，突然想起伯尔尼德昨夜很晚还没回家。至少他没听见他回家。当然，这种情况并不罕见。与伯尔尼德相比，热内更习惯于不按时睡觉和起床，而且即便边上噪音如雷，他一样能安然入睡。不过他还是奇怪，如果伯尔尼德昨夜很晚才睡觉，为什么他今天这么早就起床了。有没有这种可能，伯尔尼德压根还没回家？

热内回到卧室，仔细检查床铺。没有迹象表明伯尔尼德昨夜在这里睡过。当他做梦脚乱踢时，通常会把羽绒被和床单搞得一团糟。热内飞速看了眼衣柜。伯尔尼德的工装和一双鞋不见了。热内这时开始担心了。

一定出什么意外了。

热内强迫自己为伯尔尼德的失踪列举出可信的理由。他的头一个想法是伯尔尼德在一个派对上彻夜狂欢，现在正躺在某人家的沙发或地板上一睡不醒。不过事实是伯尔尼德已经甚少参加此类狂欢派对了，他更喜欢坐在电视机前，安安静静度过一晚上。这时热内心里突然感到一种不安全感：伯尔尼德可能喜欢上其他人了。为了另一个男人，他离开了热内。恐惧渗入他的骨髓。可能吗？热内将过去几个月回想了一遍，不得不承认两人相处甚欢。实际上，这还是他们关系中特别好的一个阶段。偶尔免不了斗斗嘴，但如果伯尔尼德有了外遇，他不能不知道。伯尔尼德可能性格有点内向，但如果他爱上了其他人，至少会给他点暗示的，不是吗？除非伯尔尼德认为，他突然抽身离去，是断绝两人关系的最好方式，不必忍受责骂和痛苦的泪水……

热内还是将所有不忠的念头驱出脑海。他觉得自己反应过度，又蠢又笨。伯尔尼德绝不会伤害他的。我热内得信任他。他冲了个澡，购物去了。那个星期六下午，他和朋友一起玩，心里一再告诉自己，伯尔尼德很快就会回家，而且一定会跟他解释出了什么意外或是其他有趣的理由。

但那天晚上热内回家后，公寓里还是空空如也。

他又开始担心。他给几位亲密好友打电话，尽量装出漫不经心的语调，询问他们是否有伯尔尼德的消息。但他被告知，他们好些天没见过伯尔尼德了。接着他怀疑伯尔尼德在他老爸家里，不过他还是强忍住没给他父亲打电话。他们的关系并不密切。

转眼到了星期一早上，热内的担心变成了恐慌。

他还是没有伯尔尼德的消息。朋友们告诉他别慌，但热内还是不能释怀为什么伯尔尼德不跟他联系。这不是他的做派。他很害怕。他的思绪不断回到他内心最深处的恐惧：伯尔尼德为了另一个男人离开了他。甚至可能是另一个女人。他知道伯尔尼德性取向混乱的历史，他甚至还见了伯尔尼德的几位前女友。现在每过一小时，热内心里的不安就越发加剧。

他决定给伯尔尼德的办公室打电话。他知道不应该在办公室打扰他；伯尔尼德的同事还不知道他们的关系，甚至不知道伯尔尼德是同性恋。不过只要他能和伯尔尼德说上话，可能一切自会水落石出。当他拨打伯尔尼德的办公室号码时，他的心怦怦急跳。电话响了几次，接着滴答一声转入留言状态。热内原本打算平静地留言，但是一听到机器里伯尔尼德的声音，他的心就被揪起。他留下了一条绝望的讯息，足以传达他所有的痛苦："伯尔尼德，我是热内。我要跟你说话。我担心死了。请速回家。不管发生了什么事，我相信我们一定有办法解决。快回家吧，求你了。"

热内的焦虑，伯尔尼德的同事们还体会不到；那天早上他没去上班，他们并不是很在意。同事偶尔有个迟到什么的，对他们来说很正常。"他可能去看医生了，或是约了牙科医生什么的，但是忘了告诉我们一声，"斯蒂芬·波梅雷宁对另一个同事说，"没准生病了，被流感击垮了。"

他的同事们对伯尔尼德的失踪一开始还不以为意，直到到了吃午饭的时候。他们想念伯尔尼德的小笑话，也想知道他周末在伦敦怎么过的。于是斯蒂芬检查了一下他的留言。他听到了热内的声音，语气很可怕，请求伯尔尼德立刻回家，热内口气中流露出的感情也让他疑惑不解。这不是你期望的从室友那里留下的讯息。他怀疑伯尔尼德是不是同性恋。他早知道伯尔尼德和另一个男人同住一套公寓，但他从未想过他们是一对。他被搞糊涂了。好几个下午伯尔尼德一直在那吹牛，关于他和不同女人的艳遇——他从未流露出他是同性恋的迹象。

斯蒂芬没有给热内回电话。

他不知道该说什么。他不清楚伯尔尼德为什么不来上班，不过他确信伯尔尼德之所以失踪自有其理由。而且，他不想卷入此类浪漫情事或是家庭纠纷中。

热内则奇怪伯尔尼德为什么还不回他的电话。他又拨了几次，但听到同样的留言。他的恐惧又深了一层。要是伯尔尼德也没有去上班呢？要是他遭遇什么事故受伤了呢？他甚至可能在回家的路上遇袭了！他列举出各类可能导致伯尔尼德失踪的不祥理由，心里越想越怕。柏林是个大地方，城市街道上各种各样的犯罪层出不穷。

伯尔尼德的经理那个星期一下午给公寓打来电话，询问伯尔尼德是否生病了或是有其他缘故，导致那天他没有去上班。这通电话更是加深了热内的恐惧感。他决定与警方联系，通报伯尔尼德失踪了。

警察彬彬有礼，但不是很上心。他们接到过很多这类寻人电话，最后却得知只是关系破裂、婚外情或平常的夫妻斗嘴所致。况且伯尔尼德只是周末失踪了两天。这还不足以让他们发警通告。热内还告诉警方伯尔尼德没有去上班。他们的不上心让他很受挫。

那天晚上，热内翻遍了整座公寓，寻找伯尔尼德失踪的理由或线索。他掏遍了伯尔尼德的大衣口袋，希望找到什么不寻常的字条；大力嗅他的衬衫，看有没有其他陌生男人剃须液的香味。在嫉妒心的驱使下，他又试图登入伯尔尼德的电子邮箱，但找不到正确的密码。他搜寻伯尔尼德电脑上的文件，但奇怪地发现除了几个空荡荡的文件夹，硬盘上什么资料也没有。最后，热内将书房里的文件找了个遍。一开始他只找到一些常规账单和票据。接着他发现桌子下有一个封得严严实实的信封，上面写着他的名字。他撕开信封，心里预料这将是一封绵长的断交书。

然而他找到的，却是伯尔尼德的遗书。

他的双手开始颤抖。

伯尔尼德在搞什么鬼？难道他打算自杀？热内读了一遍伯尔尼德遗书的内容，知道伯尔尼德将大部分财产留给了他。他迅速翻遍、大力挥动这份冗长的文件，希望在纸页间找到一张留给他的私人便条。伯尔尼德不会自杀的，他对自己说。他肯定会留下一封诀别书或至少说一声再见，而不是就这样消失。这毫无道理……

第二天他第一件事就是给警察打电话，但又一次，他们没有让他放心。警察告诉他伯尔尼德可能当天就会自个回家了，叫他别太担心。与此同时，他们会开始展开调查。热内现在失望透顶，决定求人不如求己。很偶然地，他联系了妮娜·赫曼，《柏林日报》前记者。他寄希望于她的调查技巧能解开伯尔尼德失踪的谜团。

听完热内的讲述，妮娜答应帮忙。记者能比较客观地评估事态——这与热内不同，他已接近崩溃的边缘——她怀疑伯尔尼德可能已遭遇不测。然而，在手上没有过硬的证据前，她不会表露这一隐忧。她跟伯尔尼德的银行取得联系，发现自他失踪前几天以来，其银行账户没有外出资金的流动，她据此推断出，伯尔尼德不是存心要抛弃热内和他自己在柏林的生活。她也否定了伯尔尼德离开热内、与他人共筑爱巢的可能性。这两种可能无论哪一种，伯尔尼德都需要现金。

接着她给伯尔尼德和热内的朋友和熟人打电话。没人有伯尔尼德的消息，或是自上周末以来见过他，除了伯尔尼德的一位同事，在他失踪那天，他在柏林西站见过他一眼。但伯尔尼德没有看见他。有了这一小线索，热内和妮娜即刻赶往柏林西站，寻找一切可能的证据。他们跟火车站官员和在商店、小吃摊工作的人交谈过，但没人记得有什么不同寻常的，或是与伯尔尼德的样貌相符的人。他们找遍了火车站周围可能的自杀地点——有一座桥，伯尔尼德可能从那跳下去，或其他一些明显地点。但还是没有线索，如果伯尔尼德是卧轨自杀的话，火车站官员早就公报了。他们想到伯尔尼德也有可能坐火车去了别的地方，但热内说不出那个地方。

失踪一周后，他们在报上登出了伯尔尼德的照片。伯尔尼德的同事们看到照片都很震惊。他们想不出他能去哪，或是出了什么意外。又过了几星期，仍然没有对弄清伯尔尼德的去向有用的信息反馈。警察那边也没有找到任何线索，而且在跟伯尔尼德的老板、家人和朋友交流过后，他们宣布将这件案子结案。

热内心碎了。

怎么能没有一个人知道伯尔尼德究竟去哪了？

不是的，是有一个人知道伯尔尼德那天的去向，但他绝不会告诉任何人。而且他还销毁了大量证据。

21
寻找另一块肉

伍斯特菲尔德的主妇们忙着烘烤蛋糕，个个盼着自家用巧克力、糖霜、砂糖和奶油制成的蛋糕能把别人家的比下去。村里正在举办夏季游园会，七八十人受到了邀请。他们已被允诺届时将有好吃好喝的，女人们不想让他们失望。在一长条木台子上，她们摆满了一盘盘的凉荤、香肠和奶酪，紧挨着大碗的土豆沙拉和大块的新鲜面包。蛋糕和甜点则摆在另一张桌子上。村民们喜欢这类常规聚会，对这种社交活动非常重视。

阿明站在阴影里，躲开聚成一团聒噪的朋友们，嘴里啃着一个他用猪肉条和白色软面包做成的三明治。他觉得猪肉淡然无味；最近几个月，他越发习惯了人肉的口感，而这种驯养、人造甚至经过化学手法处理过的猪肉，只能让他大倒胃口。

他有点无地自容——这类社交场合从来没有让他舒坦过。

他靠近一群邻居，欲言又止。那天没人注意到他有什么异样，也压根没人觉察到最近几个月里他有何不同。即便阿明自己认为，吃掉伯尔尼德让他新增了几分魅力和才华，但在邻居眼里，他还是那个阿明，有点古怪但毫无害处，一个人住在路那头的那栋老房子里。他们从未想过，一个杀手就游荡在他们中间，或是那个古怪邻居的院子地下正埋着一堆人肉骨头。自从阿明杀了伯尔尼德，转眼间一个季节过去了。这段时间里，阿明持续在外部世界里抛头露面。他照样拼命工作，对同事彬彬有礼。在村里的烧烤野餐上，他帮着做汉堡，虽然从未出过肉，不管是人肉还是别的肉。

但阿明确实不一样了；他成了一个名副其实的食人者。

偶尔他也会失去警戒，比如有一天晚上他和一个老同学出去喝酒。酒精让他松开了嘴，他竟然告诉朋友说，他正在网上跟一个"总是问自己是不是熟透了、能不能被吃"的人纠缠。这让他的朋友大惑不解。这家伙到底在说什么鬼话？但等阿明一清醒过来，他就意识到自己出了纰漏，要求朋友忘记他在胡说八道。他的老同学答应了，认为阿明是喝醉了酒说胡话；要不就是电脑游戏玩多了，激发了他的想象力。

阿明得以蒙混过关。

但他心里越发焦躁不安。

他的吃人情结丝毫没有减退；伯尔尼德的肉味没有餍足他对人肉的渴求，反倒撩拨起他的欲望。伯尔尼德的肉他已吃掉了三分之二，冰箱急需补充存货。就这样，沉默了五个月后，弗兰基在网上的食人者论坛、组群里再生，寻找第二个牺牲者。食人者论坛里至少有八百名活跃分子，他确信自己定能在其中挖掘出新的可选之肉。他几乎天天泡在网上，跟有类似想法的人聊天，活跃在论坛和聊天室里，以“美食家、食人者餐吧、吃光”这类名字现身。

“我好想再找一个牺牲者，越快越好，因为肉是我的一切。”他在电子邮件里跟一个同样狂热的人说。

他还在网上展开新一轮广告攻势——毕竟，第一次它们就起了作用。

其中一则广告为：“寻找身体健壮、年轻漂亮的男士，年龄在18到25岁之间，必须真心想被我杀掉和吃掉。有意者请提供年龄、身高和体重等个人资料，有照片更佳。”另一则为：“真心寻找愿意被宰的年轻男士。你是否年纪在18到25岁之间、身体健康、体格发育正常？你是否想了却此生，但又想死得体面、有意义，那就来找我吧。我将毫不犹豫杀了你，顶礼膜拜你的身体，将你做成美味的肉排。有意者请提供年龄、身高和体重等详情，有照片更好。——弗兰基，屠宰大师。”

阿明现在信心百倍，敢称自己为“屠宰大师”了。他已经杀过人，不再业余了。

他持续在网上搜寻年轻、娇嫩的人肉。跟那些同样嗜食人肉的“瘾君子”一样，他以辨别食人者论坛的帖子里蕴藏的不确定性为乐。聊天室的参与者来自五湖四海，当有人发帖表示渴望被宰杀时，他们就在那窃窃猜想，这个人是不是真心想赴死，或者说，他们准备在这条道上走多远，这会让他们莫名兴奋。一个电子邮件地址为 eatmefordinner@hotmail.com 的广告吸引了他的兴趣。广告内容如下："我是一个住在伦敦的 25 岁男士，欲觅一人将我生吞活剥。非诚勿扰。不是开玩笑。我体格健壮，身高 6 英尺 2 英寸。"阿明还喜欢一个叫"Manntoll"的人发的广告，后者用蹩脚的英文写道："我想找一个人杀了我，我希望在 2004 年被杀，你可以活活将我大卸八块、大快朵颐。"[①]但无论 eatmefordinner@hotmail.com 或 Manntoll 都不愿意与阿明见面，约上一顿浪漫晚餐。

阿明不得不放低标准。他以弗兰基的名义又发了一通广告，宣称牺牲者的年龄可以放宽到三十几岁，只需"身体正常发育"即可。即便阿明相信自打他吃了伯尔尼德后，他的英文水平有了大幅提高，但这条广告还是有不少瑕疵："我将正在杀了你、吃了你。"[②]一个叫"Hansi"的人看见了，跟阿明联系说："亲爱的弗兰基，我费劲时日只为找到一个富有经验的屠宰师，能像对待一头公牛那样把我击昏，让我流血而死。你准备啥时候放我的血?"

阿明立刻回复道："Hansi，保持联系，我是一个饥渴的食人者，等不及想早点与你见面。请将你确切的个人资料发 email 给我。"

---

① 此处英文为："I am search a human-butcher, for me, i will in the year 2004 butchered, you can me splitt, cut and eat, alive."

② 此处英文为："I will butchering you and eating your fine flesh."

弗兰基收到了他中意的回复："弗兰基，我身高1米78，净重78公斤，黑头发，身体健康强壮。你计划哪天宰了我？"

阿明要求与Hansi直接用电子邮件联系，他们好在私下里沟通，不用在论坛里公开发帖，并且"将细节敲定，比如见面地点、时间什么的"。他还告诉Hansi他会"老练地将其宰杀分尸"，再吃个精光。同样以弗兰基署名，阿明写道："我真的好想将你杀了吃光。"Hansi从此再也没有在论坛里发过帖。

跟别的许多聊天室参与者一样，谁都可以大言不惭，但一到动真格的时候，个个都怂了。

玩闹而已。

事情毫无进展，阿明有点沮丧。他想起了雅各，一个住在德国南部菲林根－施文宁根的厨师。他们在2000年7月认识的，杀掉伯尔尼德之前。雅各也是在最后关头丧失了勇气。功亏一篑！鼻梁笔直、留着一把山羊胡的雅各，起先力荐他的同事给阿明当肉吃，最后才答应与阿明在罗滕堡的农舍见面，玩杀人游戏。阿明已经将雅各绑起来了，用圆珠笔在他身上勾勒出可选之肉，最后还把他吊在肉钩子上。这时厨师抱怨他的脚踝扭伤了，阿明只得将他放下。雅各很快离开了农舍，说他恶心想吐。

阿明盯着伯尔尼德的两张裸体照。至少，这世上还有信守承诺、坚持到底、慷慨赴死的人。而且肯定的是，不会只有伯尔尼德一个。

虽然阿明成功地将更多的人诱拐到了他的家——他的广告招徕

了四个起初同意做他晚餐的人——但最终没一个走上他的餐桌。这四个人，一个来自伦敦，其他三个都在德国，分别在卡塞尔、埃森和靠近法兰克福的奥登瓦尔德三个城市，都同意驾临阿明的农舍，畅享他们阴暗的性妄想。

斯蒂芬，附近卡塞尔市的一个老师，回应了阿明的在线广告，阿明还向他保证不会介意他的年纪。“30 岁照样杀。”他说。于是斯蒂芬去了他家，阿明将他剥光，让他躺在屠宰桌上，用玻璃纸将他包起来。他用针将纸标签刺进斯蒂芬的皮肤，标记出他身上最美味的几个部位，这是“肥臀”、那是“里脊”。但是当阿明将他吊在肉钩子上时，斯蒂芬说“太冷了”受不了，阿明只得又将他放下。两人晚饭吃了顿比萨，接着斯蒂芬就回家了。

另一块可能的肉来自德国城市埃森。阿明领着他的新玩伴进了屠宰屋，用玻璃纸包住他身体。他突然哀求阿明将他关在屠宰屋的木笼子里，阿明照办了。接着他要阿明向对待牲畜一样喂他。他像一头被困住的猪一样又是打呼噜又是尖叫，足足有一个小时，阿明则扔给他几块腌猪肉、几片面包。那个人饥饿地将阿明的食物吃光，没有用手，而是四肢着地像牲畜一样爬行。但他也不想被杀掉。他说自己以模拟死亡为乐——而不是真心想死。阿明让他滚蛋。

阿明完全可以将这些人杀死，当他们躺在屠宰桌上或吊在肉钩上时。他们没有机会逃脱，但他还是给他们松绑，让他们走人。知道自己不是一个臭名昭著的连环杀手，这对阿明很重要；他是一个食人者，只愿意宰杀自愿赴死的人。

第三个叫阿莱克斯，来自奥登瓦尔德，也去了阿明的屠宰屋，还催促阿明尽快将他斩首。但被阿明拒绝了——他发现那个年轻人又蠢又胖，不值得他动手。他虽是个食人者，但也不是来者不拒、照单全收。

丹尼尔的情况也是如此，阿明觉得他太胖了。他们在网上见面，丹尼尔发了张照片给他。阿明的理想类型还是苗条、金发——吃了伯尔尼德后，他成了一个挑剔的食客，只想要上等的瘦肉。他回绝了他在网上碰见的另一个候选者，后者要求用火焰喷射器将他的阴茎烧掉。这要求也太离谱了——阿明对一切“怪异”的人不感兴趣。

结果，自从伯尔尼德被杀了后，时间又过了六个月，一个叫德克的人终于看见了阿明的广告。对上号之后，德克从伦敦飞来，两人私下见面。他是一家国际连锁酒店的活动经理和会议组织者，在国外工作过，沙特阿拉伯和瑞士。阿明被德克的经历所打动，觉得他应该是一个见多识广的人——没想他却是一个害羞的小男人，长着一头乱蓬蓬的黑发，出现在阿明的家里。

阿明的目光扫过德克苗条的身板和单薄的肩膀。他的骨头上应该有不少好肉，可以做我的第二个牺牲者。而且，德克只有二十七岁，屠宰的黄金年龄，这让阿明高兴坏了。这小男人的肉应该还很新鲜。

两人聊了一会，彼此了解更深了。这种情况阿明见多了，能不能成事他很清楚。这次他想直入主题，不想浪费太多时间，于是简短交谈一番让对方放松后，他领着德克上了屠宰屋，骄傲地炫耀他的手艺。德克环顾了一下屋子，很高兴。

“真了不起，”他说。“这是一个真正的死亡室。”

德克承认，他喜欢谈论尸体和一切与死亡有关的东西。死亡是他的兴奋点。阿明立刻向他的客人保证，他很乐意安排一次“谈论死亡”。

“这真让人激动，太性感了，”德克说。“我好想被人宣判执行死刑的那种感觉。你能为我安排吗？”

“当然，”阿明说。“你的死期就快到了！”

他跑下楼，乐意实现他死囚的遗愿。他打开电脑，轻敲键盘，恭顺地打印出一份死刑判决书。当他宣读判决书时，德克的脸上熠熠发光。一小时后他就将被执行死刑，还有一大堆折磨等着他。谈论和幻想死亡让他兴奋。他觉得自己浑身发热。

“喜欢吗？”阿明问。

“好极了，”德克说。“我想被锁上，这样我不能逃跑。任你处置。”

阿明将德克锁在屋里铁床的架子上。身子被剥光，包着玻璃纸。阿明用大头针在他的身上标出肝、肾和其他器官的位置。他们达成一致，这些器官将被取出食用。阿明也变兴奋了。他终于找到了第二个牺牲者！他决定好好戏耍一下德克。他喜欢权力在握的感觉。他拿着雅各的一张照片在德克面前晃动。还给他看了更多雅各被剥光、头朝下挂在钩子上的照片。德克的脸变得煞白。

德克被吓坏了。他可不想走那么远。他想被宰杀的幻想立刻烟消云散。“我可不想那样，”他脱口而出。“我要回家。”

阿明呆住了。这家伙怎么能在最后关头改变主意退出呢？这太让人失望了，太不体谅人了。

“赶紧把我松开。”德克痛苦地大叫。

阿明一动不动。

“快松绑。我想回家！”

阿明叮嘱自己，他只要完全自愿的牺牲者。肠子都悔青了，他让德克挣脱死亡的束缚。说完再见后，一股黑色的抑郁纠结在他心间。迄今为止，他接触过的这几个候选者没一个真正想死的。他几近绝望，光一个伯尔尼德远远不够。

现在他准备好要杀人了。

22
弗兰基吹牛

自信曾是阿明的一大软肋，现在他却觉得前所未有的豪气干云。他有值得骄傲的东西。他吃过人；他是一个食人者，唇齿间沾满鲜血，而他喜欢这种感觉。只是有个问题——他找不到人分享他的成就。是的，伯尔尼德目睹过他野蛮行径的片段，想到这他心里就很满足。然而，他也知道，不能大肆张扬自己的声名，而当小心谨慎为上；常识告诉他，无论都痛苦，他都要韬光养晦，避开外界不解的目光。

但随着时间的流逝，吹嘘的欲望越发膨胀。

他急需夸耀自己的彪炳战功，以及如何脱胎换骨成为超人。

最终，与人分享自己勇武事迹的欲望不断挑逗他，直至他无法忍受。他这么想，既然不能将他的绝对机密大白于天下，找二三好友说说总该可以吧。而且他很清楚上哪能找到一个这样的知心听众。晚上，他习惯性地瘫坐在电脑椅上，滚动鼠标、连上网络，登陆食人者的在线世界。别人不理解他的冲动和激情，他的聊天室好友总能理解吧。他们一定会认同他杀人吃人的成就。

阿明用弗兰基的昵称上到聊天论坛，吹说他杀人吃人的事迹——弗兰基，屠宰大师，确实如此做了，天地为证。而且，他补充说，他分离死人尸体的手法堪称专业完美，烹调也是一绝。一旦起了这个头，他就发现难以遏制了。他又上到另一个食人者论坛去吹嘘。将憋在心里的话一口气倒出来、而且感觉还有人在倾听，这真让人高兴。然而，光说还不能让他满意，不足以表彰他的事迹。他想用图说话；于是他决定在网上发布他拍下的照片。让线上的人对屠宰现场赞不绝口，一睹他的杰作，以补他们不能亲眼看见宰杀伯尔尼德的遗憾。这么一来，他终于能完全沐浴在聚光灯下。照片发布后，阿明受脑海中假想的掌声鼓舞，竟然在家里对着空荡荡的屋子深深鞠了一躬。

很快，阿明在网上的吹嘘吸引了食人者部族的注意。

聊天室里的人不得不承认，这个叫弗兰基的人确实很有信服力——听起来仿佛他几乎真的这么干了，实现了他们共同的梦想。而他们当中几乎没有一个人真的杀过吃过人，或同意让别人杀死他们再吃掉他们，即便机会就摆在他们面前。所谓吃人不过是他们幻想的草料，他们才不想成为恐怖情杀的一部分，意淫游戏一下而已。

2001 年 7 月 9 日，奥地利城市因斯布鲁克的一个大学生在网上聊天时，偶然看到了阿明不加掩饰的广告和大言不惭的帖子。他怀着极大的好奇心读完了它们。在食人者网页中浏览时，他被深深迷住了；虽然吃人不是他的最爱，但对他还是有一种恐怖阴森的吸引力。他想浏览更多的网站，知道更多的东西。聊天者心里挥之不去的那种毁灭、侵犯的性幻想挑起了他好奇心。其中有些人自告奋勇、羊入虎口的行径如此自毁，让他难以置信。涉世未深的他对一切骇人听闻之事有浓厚兴趣，他想亲自步入这一恐怖世界，发现更多的东西，让自己多点体验。他给弗兰基发了一条信息，两人聊起了吃人。接着这位奥地利学生表示自愿献出自己，好奇地想知道他能激起什么样的反映。

弗兰基立刻回复说——是的，他很有兴趣吃了他。这个学生的书面承诺让他更有胃口，阿明写道。他还一语道破说，年轻意味着他的里脊肉娇软又多汁。

当这个学生看到弗兰基的回复，不禁大惊失色。一想到弗兰基不是在开玩笑而是真想杀人时，他直犯恶心。这可不是什么角色扮演。他读着电脑屏幕上一个杀手的言辞，心里越想越怕。他想起弗兰基已经杀了一个人，更是恶心得想吐。还有，他正在互联网上逡巡，寻找另一个受害者！

大学生怕得魂都要飞了。

他害怕这个弗兰基有了他的email地址，会追上门来。

他迅速将他的Lycos邮件账号和在线个人资料全部删除。他不想弗兰基再与他有任何联系，当然也不想让他找到他的住处。他关掉电脑。似乎觉得还不够，他索性把电源插头也拔了。他想剔除弗兰基能通过电脑屏幕窥视他的非理性恐惧。他试着让自己平静，但他心里有一个很明确的想法：我得做点什么，这是个危险人物。

然而，他不想向朋友倾诉，这太丢人了。他担心他们会视其为性变态者，莫名其妙主动与弗兰基打交道。跟大学里的教授谈论此事更是不明智——他不想因行为不端被逐出校门，或损害自己的清誉。不过让当局知道有这么一个杀手在游荡很重要。他决定只能求助于警察。

心跳到了嗓子眼，他给德国黑森州首府威斯巴登的联邦犯罪警察局打了电话。他一五一十向警察告发了此事，还尽力配合他们的质询。不过他也只能做到这一步。他再三跟警察强调说，他只能保持匿名，而且不想在任何庭审上出庭作证。每回想起他如何与一个杀手打交道、与死神跳舞，他不禁脊背骨发凉。现在他只想把食人世界忘个精光。让所谓的历险奇遇见鬼去吧，他只想心无旁骛重新扑在学业上。

警察感谢大学生向他们提供信息，表示会跟踪此事。

这名大学生人间蒸发后，阿明在食人者论坛又吸引了几个读者——便衣警察。根据大学生提供的信息，他们摸进了网上的食人世界，回复了阿明的寻人启事。警察迅速断定弗兰基不是在开玩笑。但他们不敢确定的是，他们打交道的究竟是一个邪恶的精神病患者、或是精神失常的撒谎者还是一个真正的杀手，但他们已决定深入调查此事。

两个月后，警方确认所谓弗兰基就是阿明·梅维斯。

23

你吃过人肉吗，梅维斯先生？

2002 年的圣诞节快到了。冬天来了，罗滕堡人家的屋顶上堆满了积雪。房屋建筑的迷人风格，加上圣诞节集市的欢乐景象——集市上德国姜蜜饼和香料酒随处可见——一切犹如圣诞节贺卡上的田园美景。

12 月 6 日，当地的小孩已经庆祝过了圣尼古拉斯节。这位受人尊敬、头发灰白的圣人据说长着一把大胡子，穿着主教的长袍，还有绣着金边的披风、主教头冠和乡间手杖等行头。根据德国民间的说法，在那天晚上，圣人会挨家挨户敲门，问孩子们他们在过去的十二个月里表现好不好。孩子们经常会唱首歌，或是读首诗，要不就是展示一下别的技能，好向圣尼古拉斯证明他们是听话、能干的小男孩小女孩。那些表现好的小孩就会得到巧克力糖果等小礼物。

圣尼古拉斯节那天，没人来敲阿明家的门。那一年，他没有收到任何表彰良好行为的礼物或糖果。12月6日那天晚上，他也不能向人展示他的特殊才艺。但是几天后，12月10日那天，有人不停地敲阿明家的前门。早上八点四十五分，圣诞假日期间难得这么早就有人来拜访。

阿明打开门。

门口站着三位警察。

他邀请他们进屋，表现得好像他们是上门来讨一片圣诞面包的邻居们。他问警察要不要来杯咖啡，还对家里没有姜蜜饼招待他们表示歉意。他还为女警官拉了一把椅子，让她坐在餐桌边，待人接物堪称完美。阿明跟他们一起坐在桌边，表现之冷静出乎三位警察的意外。他们观察到，这位所谓的“食人者”毫不慌张、没有丝毫负罪感，甚至对他们的来访毫不以为意。正跟他们一起喝咖啡的这位中年男士性情温和，举止得体。他们不禁怀疑他到底是不是凶手。他们告诉他这次上门可不是来拉家常的。他们手上有搜查令，怀疑他涉嫌谋杀，还吃了死者的尸体。

阿明不露声色，琢磨着他们的话中之意。警察很明显知道了什么，关键是他们知道的有多少？很可能他们找不到足够的证据逮捕他，而且他当然不会准备帮他们找到证据。于是他决定装作若无其事。他平静地问说，他们对他的怀疑从何而来，谁指控了他。

“你在食人者网站上发布的信息告诉我们的。”一位警察开门见山地说。

警察开始问讯，方式直接。“你吃过人肉吗，梅维斯先生?”

“可能吃过。”阿明莫测高深地回说。

阿明的回答立刻让警察起疑，他们正在问话的人不打算抗议自己是无辜的。而且情况很可能是，即便真的有罪，阿明也不会马上认罪。他的话让人感觉像是在掩饰什么；他们需要好好搜查一下房子，找到任何蛛丝马迹，包括尚未吃完的尸体。

大概问了二十分钟后，警方开始搜查这栋貌似多年无人照管和打扫的老房子。他们的第一站是厨房。洗碗池里堆着脏盘子，那是阿明刚吃过的早餐。有一个面包箱，摆满了土豆的架子，各种绿色蔬菜，还有一个堆满了罐头的橱柜。一个警察拉开冰箱门，满心期盼着可怕的尸块掉门而出。然而他看到的只是一瓶芥末、一块奶酪和一大盒牛奶。接下来要检查的是角落里的白色冷藏柜。这个冷藏柜大得有点离谱，仿佛能装下足够一个大家庭食用的可观食物，然而他们从之前的问话中得知，只有阿明·梅维斯一人住在这里。警察交换了一下眼神，拉起冷藏柜的门，往里探寻。柜子里整洁地摆放着打好的蓝色包包，里面的东西像是肉。

一位警察小心翼翼地拿起一个蓝色包包。里面的东西是肉无疑。但肉眼看去，他们无法确定是不是人肉。他们在冷藏柜里深挖了一番，一共“出土”了大约二十包蓝色冷藏袋，里面是大小不一的肉块。警察小心地将剩下的肉从冷藏柜里拿出来。除了这些肉，里面只有一块冷冻了的比萨。从附在上面的霜冻看，这块比萨估计放了好长一段时间。除此之外，柜子里还有一只死耗子，身体已被放在上面的肉块压扁。警察没有管这只死耗子。

警方检视着堆在他们面前的冷冻物。他们盯着的可能是人肉，藏在一个嫌疑杀人犯和食人者的家里。证据似乎就在眼前。不过也可能是猪肉，或其他动物的肉。在指控阿明任何罪名前，他们得将这些肉带回法医化验室化验，确定是否真是人肉。

他们继续在房子里搜索，寻找更多的证据。

显然，下一个要搜查的地点是摆满了电脑的破书房。首先，正是网上的线索让他们找到了阿明。警察看着那堆凌乱摆放、一台架着一台的电脑。他用这些电脑干吗了，而且他为何需要这么多电脑？即便是一个 IT 从业者，也用不着那么多电脑。警察打开电脑，彻查阿明的文档。无数个晚上他栖身其间的私密世界现在完全暴露在法眼之下。警方飞速翻阅阿明收藏的无数照片；一共有 3842 张之多，类型涵盖色情、折磨和阿明的假日快照等。对他们正在打交道的男人属于何种类型，警方心里很快有了谱。

在对房子两个半小时的搜查里，警方还发现了大量色情和受虐录像带。即便是对见多不怪的警察，视频里的折磨和故意施以痛苦的镜头还是让他们大倒胃口。他们唯一没找到的那盘录像带是阿明的最爱。几个月前他就将描绘伯尔尼德被宰杀的带子藏了起来，不让任何人找到。

警察现在已经找到了 16 台计算机、大约 200 个硬盘和 300 盘录像带，可以作为证据。他们继续在布满灰尘、古旧家具和其他破烂玩意的一层房间里搜查。接着他们到了二楼。除了伯尔尼德和其他可能的受害者，两年里没人到过二楼。阿明随着他们上了楼梯，表现得越发紧张。警察打开临时屠宰屋的门，在霉迹斑斑的屋里徘徊，不可思议地打量着。他们看到了排水槽，挂在天花板上的肉钩子。他们还看到了阿明的刀子，按大小整洁地摆放在屠宰桌上，以及一个真人大小、挂在墙上肉钩子上的假人，不禁叹为观止。

对阿明不利的证据越来越多。警察觉得所有迹象都表明，他们正在跟一个精神严重不正常的人打交道——然而还没有东西能证明他确实杀过人。在等待冷藏肉的DNA分析结果时，他们唯一能对阿明提起的指控是“暴力崇拜”，因为他们在他家里找到了数量惊人的暴力录像带和图片。警察确实掌握了足够多的控诉证据，但在他们离开时，阿明还是个自由人。

他跟警察说了声再见，把前门关上。法律正在附近逡巡，竭力想找到他的秘密，而他不知道他还能隐藏多久。警察搜集到了与伯尔尼德之死有关的重要线索，但他们没找到那盘展现屠宰场景的录像带。而且他们似乎还不知道伯尔尼德的名字——他们没问他伯尔尼德失踪的事。他面对警察时精神放松、亲切友好，但他知道他们怀疑他。

他们盯上了他。

他不知道下一步该如何应对。

24

听着，我有麻烦了

阿明在屋里踱了好几个钟头，努力想决定下一步采取什么举措，但还是没想出个所以然来。他需要找个人倾吐心声，寻求建议。问题是他不知道该向谁求助。当你吃了个人、事情又快露馅时，你能跟谁说？当地的神父不可能不偏不倚、善解人意地听他诉说。阿明最终决定给他在法兰克福做IT工程师的哥哥英格伯特打电话。他跟哥哥和嫂子不是特别亲近，但他们毕竟是一家人，应该愿意帮他，或至少听他把话说完。

阿明拨打他哥哥的电话。小心翼翼将他的阴暗秘密隐瞒了这么多年，他几乎不敢相信即将向他的家人承认自己的吃人行径。他的嫂子接了电话，阿明松了口气。从他听到她友好温和的“你好”那一时刻起，阿明就知道会向她倾诉罪恶。女人可能更加善解人意，富有同情心。他知道他想对她说什么，但就是说不出口。表明自己的身份后，他清了好几下嗓子，但就是开不了这个口。

“阿明，你还在吗？”长久的沉默后，他的嫂子问。

“是的，我在，”他用颤抖的声音说。“听着，我有麻烦了。”

“什么样的麻烦？”她问。“阿明，告诉我发生了什么事。你没事吧？”

阿明顿了顿，然后告诉他嫂子今天早些时候警察上门搜查了房子。“这样的，如果他们看了我电脑硬盘里的东西，我可能会有大麻烦，”他说。“里面有不该让他们看到的东西。”

他嫂子首先怀疑阿明卷入了儿童色情的麻烦。她经常怀疑他的性取向，其内弟不能与女人、甚或哪怕是男人建立长久关系，这让她觉得很奇怪。但她从未视其为性变态者，直到此刻。当她想到自己的家庭成员以欣赏儿童色情照片为乐时，不禁觉得恶心。“你是想告诉我你一直在看儿童色情制品吗？”她直截了当地问。“这是他们没收你电脑的原因吗？”

阿明的回答比她预想的更震撼。

“我杀了人。”他干脆直说了。

阿明挂了电话。嫂子帮不了他什么忙。但把心里话说出来后，他觉得好多了。现在他逐渐冷静下来，意识到自己的选择不多。他还能逃跑，但不知道去哪。而且，警察最终还是会抓住他。他不笨——一旦法医化验出了结果，他们一定会知道他们没收的是人肉。到时大家都会知道他是食人者，任何精巧的谎言都不能使他脱罪。警察在追捕他，他需要快速应对。唯一能帮他的人，他确定，只有他的律师。

那天中午，阿明开车去罗滕堡见他的律师哈拉尔德·埃梅尔，一个当地执业小律师，主要诉讼领域是婚姻法。阿明请过埃梅尔一次，当时他需要摆平一桩酒后驾车的指控。

“我做了些蠢事。”阿明告诉埃梅尔。

律师正好奇他的顾客会跟他说什么。难道阿明因土地纠纷的问题跟邻居吵架了？或者是工作上的事？圣诞节期间在一向平静的罗滕堡能有什么大事，他不想有人这时候来打扰他。

“我杀了一个人，还吃了他。”阿明向埃梅尔承认。

律师吓得差点从椅子上摔下来。

阿明平静地补充说，他需要一些法律建议。

埃梅尔迅速回复常态，评估事态。那个坐在他对面、其貌不扬的男人，以前因为酒后驾车的麻烦找过他一回，竟然杀了人、还把人吃掉了？他的客户自己承认是食人者，还向他寻求建议？律师建议阿明向警方自首。只有这条路可行。阿明也意识到自己没有什么选择，于是同意了。埃梅尔联系了警方。他通知他们说，他的客户刚刚承认杀过人，还把尸体吃了。

警察立刻开车赶来，向阿明·梅维斯出示了逮捕证。

阿明没有抗捕；跟律师讨论后，他理解任何反抗行为不仅于事无补，反倒可能为他增加额外的罪状。多一事不如少一事。他被拘押，车子开向警察局，在那里下午五点左右，他对自己的罪行供认不讳。“我承认自己做过的事，”他在声明中对警察说。“我承认自己有罪，而且对自己的行为心怀愧疚。”他当即向警方提供了伯尔尼德的名字，好让他们确定受害者。

阿明在局子里过了一夜。

第二天一早，调查人员又去了阿明家继续搜查，这回特意带上了一条警犬搜寻证据，一台挖掘机挖开地面，还带了口棺材装伯尔尼德的尸骨。与此同时，阿明全力配合警察。他向他们展示了聊天室，如果没有他的帮助，他们将很难进入，还帮他们找到了需要的证据。而且告诉他们他将伯尔尼德的胳膊碾碎后得到的骨头粉在哪里。为了替自己争取好处，阿明很清楚该做什么。被捕前律师就叮嘱过他要配合，他很聪明知道这样做对自己有好处。

阿明似乎已没有遗憾；他看起来很喜欢向别人讲述他的故事，在一系列问讯过程中，他一股脑将犯案细节倒给目瞪口呆的警官。他承认自己将杀害伯尔尼德的过程拍成了录像，他在一个网上同性恋聊天室认识的伯尔尼德，后者对他在网上散发的八十条寻人宰杀启事做出了回应。

探员维尔弗里德·费尔受命评估伯尔尼德被宰杀的录像。当他看到阿明锯断受害者的大腿，将尸体分成大小不一的肉块时，他恶心得直想吐。“难以想象他会做出那些事。”费尔后来对他的同事说。录像带完整记录了伯尔尼德被杀的前后过程。有了这类令人作呕的可视证据，现在的问题不是阿明是否会被定罪，而是受到何种指控。

警察继续在那座十七世纪的庞然大物杂草丛生的院子里搜寻证据。他们检查了那堆破车和散布在院子里的机器设备的破烂零件。一无所获。他们找到了一把电锯，一个看起来最近被使用过的烤肉架子，上面的油脂清晰可辨，他们将这两样东西统统没收。没准可能都是作案工具，他们认为。

警犬对院子里的一个角落特别有兴趣；它们生生将警犬训练员们拽过去，在地面上疯狂地扒着。警察于是发现有人刚在院子的这个地方挖过，上面的土还是松的。

接下来的调查阶段警察将注意力集中在这片区域。他们开动那台小挖掘机，开始在地面上挖。机器挖出了石块和垃圾，直到金属铲碰到了一个坚硬的东西。警察赶忙将那物体拉出地面。是一块大骨头，看起来像是人的骨头。他们继续挖，直到伯尔尼德已经腐烂的尸体的其余部分被挖出土——只有骨头还剩下。这正是他们想要的东西。警察现在需要确定的是，这座房子的地底下是否还埋着其他受害者。

阿明承认，根据他自己估算，他最多吃掉了伯尔尼德尸体上20公斤的肉。警察已经从冷藏库里没收了大约10公斤的人肉，如果阿明说的话可信，意味着他总共存储了大约30公斤的人肉，差不多是一个受害者的数量。不过警方还是得确认，没有其他人成了阿明的晚餐。似乎为了好好表现争取减刑，阿明坚称他没有杀过其他人，但他又说："如果有机会，我还会杀人的。"

警犬和挖掘机继续在院子的其他地方探寻，又挖了将近五个小时。不过他们挖出的其他尸体看起来明显是狗的。它们是阿明以前那条阿尔萨斯大狼狗的尸骨。

警察那天一早的到来，在这个平素隔离封闭的小村庄掀起了骚动。随着警察不停地在院子里挖掘，院子外邻居们的好奇心越发强烈。曼弗雷德·斯塔克与阿明从小就是朋友，那天正午时分他像往常一样回家吃饭。开车经过阿明的房子时，他看见院子里站满了警察，外面还停着一副棺材。他急忙赶回家问妻子发生了什么事。

“你看见阿明的房子没?”他问道。“那里到处是警察。到底发生了什么事?”

曼弗雷德的妻子确实注意到了路那边阿明家的不同寻常，但她跟丈夫一样不明就里。“但愿他没出什么事，”曼弗雷德说。“他是有点怪，但人不算坏。”但曼弗雷德越想越觉得不对，可怜的老阿明肯定出了什么大事。不然怎么一下子来了那么多警察。而且外面还停着一具棺材，证明有人死了。

警察的到来同样让阿明的其他邻居不解。他们这个风景如画的小村庄一向波澜不惊，甚至连警车都很少见到经过，更别提现在就有一辆警车停在一户人家的门口，在院子里掘地三尺！邻居们不停说着小话，但就是没人敢走近那座房子或是给阿明打电话。

搜完了地面，警察转移到阿明家里继续搜索。五天之后，警察宣布他们找不到别的证据，证明那个自我投案的食人者还杀过其他受害者。汉斯－曼弗雷德·杨格，黑森州的检察官，宣布伯尔尼德是阿明的唯一受害者。

阿明的暴行传遍了村子和邻居。罗滕堡这样的静谧小城没有邪恶和非人行径的容身之处。只有大城市或是让人浑身湿透的噩梦里，才存在如此罪恶。阿明的邻居难以理解他们中有人如此邪恶，不愿承认这一新闻的准确性。他们竟然与这样一个恶魔做了那么多年的邻居！星期天下午，他们还邀请他上门做客，喝咖啡、吃蛋糕。他甚至还帮他们照看过孩子，天啊！

邻居曼弗雷德尤其震惊。从小他就与阿明一起玩，帮着看过他的小马驹；他们一同牵着阿明的狗在乡间小路上漫步。他们一起在军队中服役。曼弗雷德认识了阿明很多很多年。即便他从未称其为“朋友”，他也不会想到阿明是一个杀人犯。阿明性格古怪他早就知道，但他从未想过他是一个凶手。

阿明以前的邻居尼科尔知道这一消息一样震惊。“我在电话里听一个朋友说的，”她对邻居说。“她告诉我阿明杀了人。我的第一反应就是他出了车祸，无意之中杀了人。难以置信。阿明是天底下最好的人。”

早年，阿明曾对尼科尔表示过好感，那时他还希望找个女人安定下来，成家立业。尼科尔常叫他到家里来帮她修电脑。不到几分钟阿明就会出现在她家里，迫不及待为她服务。然而，尼科尔说她与阿明只是一般朋友关系，不可能有别的。“我跟他就像跟米老鼠那样的关系。”她当时就说过。

现在尼科尔不得不做激烈的思想斗争，承认她印象中友好、乐于助人的阿明是一个名副其实的食人者；最终她还是认定阿明不是别的，就是她一直认为的友善、富有同情心的那个人。根据尼科尔的说法，阿明只是一个被误解、有一定问题的人。她会一直站在他那一边，即便她不能理解为何他会做出如此可怕之事。

黑森州的精神病专家，与此同时，也在努力探寻阿明行为背后的动机。过去他们没有接触过食人者，只得根据现有的资料从头研究。他们获悉食人杀手通常性格孤僻内向，没有什么亲朋好友，喜欢单独行动，比如一个人看恐怖片。他们还知道食人杀手通常觉得自己信心不足、低人一等，只有当他们犯罪时例外，这会让他们有神一般的感觉。

其他特征还包括耽于幻想、迷恋残暴，并喜欢搜集此类图书和照片。典型的食人者年纪一般在35岁以下，未婚，智商不低。性功能紊乱，甚少或没有正常的性经历。食人杀手对母亲经常有一种强烈、矛盾的关系，又爱又恨。即便已长大成人，他们还经常被看做是“妈妈的小宝贝”。迷恋色情制品，尤其是施受虐。当被关在医院或监狱里教化时，食人杀手通常表现良好，这经常导致他们被过早释放或转移到轻度监狱里。

阿明与上述描述完全吻合。

阿明向精神病专家承认，打小他就有吃人的幻想，直至长大成人，从未放弃。他对精神病专家说，他经常看见伯尔尼德站在他面前。在他的想象里，他还能感觉到伯尔尼德的身体。而且自从吃了他的朋友后，他觉得自己的精神状态更稳定了。他不再觉得孤单，伯尔尼德填补了他的空虚。

阿明还告诉精神病专家他能吸收伯尔尼德的男子气概，继承伯尔尼德的部分品质和能力。比如说，他声称自己在吃了伯尔尼德后，英语水平提高了。

问他为什么吃人，阿明说："想到有另一个人在我体内，我感受到极大的快乐。"对于阿明，他的动机就是自我证明。"我有梦想，而且最终实现了它。"他告诉精神病专家。

州系统没有将阿明的吃人行为看做是简单的自我目标实现。他们首先检查了伯尔尼德的死亡过程，发现受害者最终是被割断喉管而死。官方于是对阿明提出了谋杀的指控。他被转移到一座高度戒备的监狱，庭审开始前，他将在那里被关上一年。

阿明的律师哈拉尔德·埃梅尔，开始着手此案的辩护，力图尽量减轻其客户的刑责。从技术上说，吃人在德国不算犯罪，他告诉客户。

阿明则急切地指出，是伯尔尼德自己想被杀的；这点有足够的证据，无论是他们频繁往来的电子邮件，还是那盘屠宰录像带，都显示伯尔尼德的死亡经过他们双方一致同意。

埃梅尔称他的被告最多会被判"按需杀人"的罪名。这一判决一般被限制在安乐死的案件里。刑期最多五年。能这么判，阿明当然很满意。

否则，一旦谋杀的罪名成立，他很可能被判终身监禁。

25
罗滕堡食人魔

卡特雅·桑德罗克揉揉眼睛，打了个哈欠。

2003年12月3日，一个星期三的早晨。卡特雅凌晨刚过两点就离开了她父母亲在罗滕堡的家。今年20岁的她更习惯这会儿上床睡觉，而不是相反。她将脑袋靠在她18岁的朋友詹妮弗·菲的肩膀上。从早上四点开始，两人就一直等在法院门口，怀抱希望抢到一张票，好好瞅瞅最近的媒体红人——阿明·梅维斯，并旁听他的庭审。来自小城阿纳塔尔、18岁的汉娜·罗兰，和她17岁、来自沃尔夫根的朋友法碧恩·罗琳，刚过六点也加入了等待的行列。又多了两个竞争者，卡特雅心想，叹了口气。

只有前三十六个排队等候的人能得到一张旁听票，任何想旁听庭审的公众只有一大早来排队。当天的旁听票将在早上八点三十分分发。庭审九点钟开始。

“我真不敢相信他像杀猪一样把那个人杀了。”法碧恩对卡特雅说。她等不及要告诉同学将在法庭上发生的一切，还有“罗滕堡食人魔”的样子看起来有多恐怖。

卡特雅则吹嘘说她见过阿明。不仅如此，她还在罗滕堡周围见过他好几回。

女孩们和文字、摄影记者混成一团，在法院门口等着。卡塞尔地方法院的审判被视为是这个国家有史以来的首例吃人案，关注度之高可想而知。作为德国犯罪史上最特殊的案子之一，记者们也不得不通过抽签获得旁听席位。区区三十五个记者席，卡塞尔法院收到的申请数不胜数，最终只得根据媒体的发行量和读者人数来分发旁听票。与一般市民的票不同的是，记者的旁听票能听完全部的庭审，而不只是一天。

终于，他们等来了阿明·梅维斯。

嘈杂的人群仿佛成了一个整体，朝阿明的方向涌去，摩肩接踵。他们都疯了般想一睹“黑森州食人魔”的风采。他是不是长着一双红眼睛、青面獠牙、神态可憎？他们一眼就能认出他是个杀手吗？跟他站得太近了可能不安全，要是他攻击人群怎么办？

在卡塞尔－威尔海顿监狱过了一年的牢房生涯，阿明一开始被刺眼的闪光灯和迎接他的人潮吓住了。眼睛逐渐习惯了闪光灯的强光后，他对着旁观者露出了微笑。那天早上他好好穿戴了一番，挑中了一套蓝灰色的西装，那是他特意为重大场合置备的。西装里穿了一件炭灰色的衬衣，精心选配了一条绣有花样的领结，脚上是一双黑皮鞋。左手腕上戴着一个皮手环，右手指上有一个男式戒指。仪表堂堂。他的律师埃梅尔帮他把西装和其他衣物送到了牢里。通常这是家庭成员该干的事。但阿明的家人一是不住在附近，二是他们都巴不得与他们的吃人亲戚离得远远的。

法碧恩大失所望。

这个食人者看起来一点也不可怕。实际上，他穿着整洁的西服和领结，还有点让人肃然起敬的感觉。根本不是她期待中的样子；普通极了，这种人每天她都能在大街上看到，见多不怪。阿明从法碧恩和卡特雅身边走过，进入法庭，胳膊下还夹着一个文件。他调了调领带别针，检查位置是否合适。他想把自己的最好面貌呈现在五个法官面前。依照德国的惯例，涉嫌谋杀的罪案通常有一个五人陪审团，其中三人为专业法官、两人为一般市民，后两人通常也被称为“法官”，虽然他们未经过专业的法律训练。审讯由地区首席法官海因茨－沃尔克·穆特泽主持。亚历山大·瓦西特博士和帕特里克·格贝尔丁是另外两位专业法官。陪审团其他两名成员是罗萨马里·兰格和君特·舒尔茨。上述五人将决定对阿明做出什么判决。

法院工作人员和旁听者放好他们的大包小包，清清嗓子，各自就座，准备好旁听对那个自我招供的食人者的审判。旁听者被一道高一米的障碍物与审判室隔离，这使他们能清楚地看到庭审上发生的一切，但无法进入审判室。

检察官马库斯·科勒看着阿明走进法庭。这不是他第一次见到阿明。阿明向警方自首的那天早晨，他就见过他。

检察官起立发言。他告诉法庭，四十二岁的阿明·M被控杀害了柏林西门子公司的电脑芯片开发师伯尔尼德·尤尔根·B，用刀子刺穿了他的喉咙。出于保护个人隐私的考虑，德国法庭一般不公布涉案人员的姓氏。检察官告诉法庭，阿明还计划好了用摄像机拍下屠宰的全过程，以在事后实现自己的性满足。阿明，他说，被控犯有"性满足谋杀罪"。这一罪名很罕见，但科勒不得不采用，因为德国没有专门适用食人者的法律条款。检察官还指控阿明"侵扰死者的安宁"，将伯尔尼德的尸体大卸八块。

科勒告诉法庭，从2001年3月9日伯尔尼德被杀那天，到2002年12月阿明被捕，这段时间内，被告吃掉了伯尔尼德身上大部分的肉，他用塑料薄膜将这些肉存放在冷藏柜里。

接下来轮到被告辩护。阿明起身面对法庭准备说话。过去一年他有足够时间在牢里一遍遍演练今天他要说的话。他用心逐字逐句记下了他的发言。现在他准备表演了。法庭就是他的舞台，听众已被他迷惑。

阿明努力解释自己的动机。他从童年时光追溯起，在他父亲出走后，那时他倍感孤单、饱受冷落。他告诉法庭他一直幻想有一个金发的"小弟弟"，他能通过"吃了他"而一直占有他。八岁到十二岁之间，他第一次真正有了吃人的想法，幻想吃掉他的学校同学。恐怖片加强了他的欲望，他补充说。阿明还说"苗条金发型"的男人让他最有胃口，承认吃人的想法能让他体会到性快感，但否认自己是为了性而杀人的指控。“我根本不想与被我挑中宰杀的伴侣发生性关系。这完全是两码事。”他对审判室里目瞪口呆的人说。

阿明回忆了2001年3月9日那天发生的事。他告诉法庭如何通过互联网与受害者在卡塞尔火车站见面，两人一到他在罗滕堡的家，就详细讨论了即将到来的宰杀。伯尔尼德同意与他发生性关系，但不久就转变心意不想被杀，阿明说。

接着他开车将客人送回火车站，伯尔尼德在那里买了一张回柏林的火车票。但是他又改变主意，决定留下来，于是他们又回了罗滕堡的家。

面无表情、镇定自若，阿明回忆他如何在伯尔尼德的请求下割掉他的阳具，开始了宰杀的过程，还告诉法庭他们试着在煎锅里烹煮那玩意，但最终发现难以入口。

克莉丝汀·雷肯斯，卓有天赋的庭审画家，详细绘制了阿明的人体肖像和素描，对他进行了细致的观察，逐渐习惯了他的运动员身板和丰富多样的表达方式与身体姿态。她的铅笔和蜡笔贴切地将阿明的面部、身体和情绪传达在纸面上。

克莉丝汀发现阿明僵硬地站在法庭前，双手在胸前交叉环抱或是十指紧握。她注意到阿明几乎每说一句话或每次答话都会习惯性地先说一句“是的，没错”。她还发现阿明很适合穿西装。一般情况下戴眼镜，但在摄影师拍照时会把眼镜摘下。在她眼里显而易见，被告是一个爱慕虚荣的人。

克莉丝汀觉得阿明描述罪行时冷酷、无情的方式与他的罪行本身一样可怖。在详细交代如何分尸、吃掉受害者的身体时，他甚至连眼睛都不眨一下。克莉丝汀回忆，根据他讲话的方式实事求是地说，不明就里的人还会以为他是因为丢了驾照之类的小事才上的法庭。

阿明告诉法庭受害者如何走到浴室，躺在浴缸里慢慢流血而死。晚上八点三十分，伯尔尼德的阴茎被割下，然后到第二天凌晨四点，他才被割断喉咙而死。

“我又亲吻了他一次，为他祈祷，请求宽恕。”阿明对着无数张被吓坏了的脸说。“我的朋友是高高兴兴走的，”阿明理论说。“最后结束他的生命时，我的心里也是恐惧不安，”指他用刀刺死伯尔尼德的事。“花了好长时间我才下的手。”

阿明承认杀了伯尔尼德后，他接着通过互联网广告和聊天室寻找其他志愿受害者。他没有对法庭里的人表现出丝毫负罪和悔意。杀死吃掉伯尔尼德是他毕生之极乐，而且他还不断经由回忆获致乐趣。“请告诉我任何能证明我违法了的法律！”他微笑着对法官说。

利用一年的牢狱时光，他好好恶补了一下德国的法律，很清楚对他的指控在法律上站不住脚。过去一年里，他还很享受跟监狱里的精神病医生讨论他的经历，并把他从交谈过程中学到的专业术语灵活应用到日常语汇中。他“内化了他的兄弟”，他对法庭说。

阿明对他庭审第一天的表现很满意。

他口若悬河谈了好几个小时，手里总是拿着一本书，宣称在他心里什么是对的什么是错的。他的律师反倒闭口不言。这是阿明的演出，打死他也不愿自动退出舞台。

26 他没有精神病

阿明庭审首日在全球范围内广受报道。报纸、广播和电视节目大肆谈论那个恐怖之夜有多么残暴，这是一种超出常人理解范围的罪行。自邪恶的纳粹德国之后，无人再见过此等程度的罪恶，全世界的人都在他们的座位上眼巴巴等着。刑事律师们能捍卫人类的尊严，打击这一冲破了社会公约地表的束缚喷薄而出的恶潮吗？

阿明外表看起来像是一个正派的银行职员，是那种受人尊敬、每个母亲都想让她的女儿带回家的男人类型。他不是疯子眼中期望的无恶不作之人，只是一个城市郊区的食人者。他的平凡至极，以及表面看起来的阿明和实际上他的所作所为之间的巨大落差，让人深感不安。

庭审第二天证人开始出庭作证。

第一个证人独自坐在证人席上，四周围着辩护律师、法官、检察官和专家证人。他个子矮小，一头短直黑发。漂亮的西装搭在空荡荡的肩膀上。他叫德克，到过阿明家的人之一，但关键时刻掉链子，没有成为阿明的晚餐。在阿明向他出示了以前一位客人的一张相片后，德克突然转变心意，不想被阿明宰杀。照片里的人头朝下被挂在屠宰屋的一个肉钩子上。

德克是德国公民，是伦敦一家国际连锁酒店的会议经理和活动组织者。在媒体对食人案的疯狂关注中，他丢了工作。

第二个证人雅各布乔装出庭，用一条黑围巾紧紧包住了脸，只露出一双眼睛还在动。为了听清楚法官说的话，他不得不调整了下围巾。他是阿明以前的邻居，模样还算端正，有一头浓密的卷发。法庭获悉他今年二十来岁，靠政府的救济过活。十六岁时，雅各布开始跟阿明玩同性恋的游戏，当时阿明三十五六岁左右。游戏持续了好几年，他回忆说。两人成了朋友，在做爱前一起看同性恋色情影片。雅各布几乎每回一次话都会先说一句“无论如何，这没什么不正常的”。他强调吃人从来不是他们戏耍的内容之一。对雅各布，那才是明显的不正常。

另外一个与阿明玩过宰杀角色扮演的人被带上证人席。他叫雅各，三十四岁，来自德国南部的菲林根，戴着冰雪护目镜和一个带有耳罩的棒球帽，以免被人认出。他向法庭讲述了逃命之旅。他作证说刚到农舍不久，他就脱掉衣服，阿明在他身上涂了油、做了标记，还用滑轮将他吊起来。但他觉得不舒服，就强令阿明将他从肉钩子上放下。然后很快逃离了阿明的房子，他对法庭说。

斯蒂芬，另一个与阿明玩过角色扮演游戏的人，也戴了一顶棒球帽、一副墨镜，穿了一件时髦上衣乔装出庭。这名证人是卡塞尔当地的一位老师，很担心会被人认出来。他讲述了与阿明结识的经历，告诉法庭他们如何交流宰人的幻想。

证人丹尼尔也不敢以真面目在法庭上现身。他用一条黑围巾裹住脸，穿一件棕色短夹克，戴一顶羊毛帽子，好避开观众席上探寻的目光。丹尼尔作证说他主动将自己献出作阿明的晚餐，但惨遭拒绝，只因他“太胖了”。

接下来出庭的是马迪娜，最可以称得上是阿明女朋友的人，也是迄今为止唯一与阿明有过暧昧关系的女人。马迪娜的出场给人滑稽古怪的感觉，她戴一顶草莓色的假发、一副深黑色的墨镜，都是你通常在玩笑商店才会买的玩意。她坐在证人席上，两腿夹着黑色女用手提包，双手交叉抱在胸前，小心戒备的样子。这位离了婚的女人说，三十几岁时她就和三个孩子搬离了罗滕堡，还坚称她和阿明之间除了调调情，没有什么特别的。两人之所以分手，是因为马迪娜告诉阿明她想做绝育手术；阿明不愿意，他想要一个“有繁殖能力的”女人为他生儿育女。

阿明驳斥了她的说法，声称他和马迪娜一起上过床；法庭决定不就此进行讨论，将注意力转到了下一个证人，马里恩。她也是阿明以前的一个邻居，撮合了阿明和马迪娜。马里恩有点钱，已经把家从伍斯特菲尔德搬到了罗滕堡附近的一座大房子里。据她说，她以前常和阿明一起遛狗。阿明是个好人，敏感、友好，她告诉法庭。“有时候甚至很孩子气。”她说。阿明在牢里的那一年，马里恩经常到监狱探他，还给他写信。但他们的关系纯属柏拉图式的，她强调说——没有丝毫浪漫成分。

下一个证人是阿明同母异父的哥哥英格伯特。没找律师前，阿明正是先跟他的妻子供认了罪状。今年四十八岁的英格伯特戴眼镜，黑发，头发从前额往后梳。他有着跟阿明一样的下巴、嘴唇和面部表情。英格伯特没有在法庭上讲话，而是选择由法庭宣读他的声明。“阿明喜欢盖玩具房子，在院子里玩。”英格伯特声称他从未注意到阿明对暴力或残害动物表现出特别的兴趣，也从未听阿明跟他提起过吃人的事。根据英格伯特的说法“他是一个完全正常的小男孩，偶尔跟其他孩子打打架”，他告诉法庭，当他获悉阿明的所作所为后，只有莫名惊诧。

阿明的另一个同母异父哥哥、牧师沃尔夫冈，没有出庭。阿明被关时，沃尔夫冈没有到牢里看过他，也拒绝出庭作证。阿明的父亲也选择不到法庭上作证，或发表声明。

与伯尔尼德有关系的证人也获准在法庭上发言。

伯尔尼德的父亲，柏林一位有声望的医生，没有作证。他被吓坏了。热内，伯尔尼德的男朋友，告诉法庭他的爱人从未表露过“自杀的念头”。他说没有任何迹象表明伯尔尼德打算赴死，他们还计划一起外出度假。热内至今还不敢相信发生了什么。事情怎么会这样，毫无道理，他对法庭说。伯尔尼德的前女友，佩特拉，也作为证人出席。她穿一件短夹克，短头发，走路的样子像男人，给人的整体感觉也是男子气十足。不仅如此，佩特拉和热内看起来还有几分相似。她告诉法庭伯尔尼德从未有过自杀倾向。丹妮拉，另一个前女友，告诉法庭伯尔尼德从异性恋到同性恋的转变，以及随着他们关系的进展，他对异常、强烈性爱的渴望。

法庭还得知当伯尔尼德与男妓做爱时如何变得一发不可收。伊曼纽尔，伯尔尼德的常客之一，告诉法庭“绝大部分时候伯尔尼德不高兴，他太耽于性爱了”。这位面容姣好、性感的男人谈起伯尔尼德如何屡次三番催促他咬他、阉了他，以及他如何只是将这些请求视为单纯的性挑逗。“有一次，做爱时我拿了把刀给他，告诉他我要把他阉了，但我只是幻想一下而已，”他说，还停顿了一会儿才大声说出最后一句话。“不幸的是，他真的这么做了。”

伊曼纽尔的爆料让检方和辩方讨论了一个多小时，主要围绕伯尔尼德请求的真实意图。他们尽力想弄清，在认识阿明之前，伯尔尼德是否请求过别的人将他吃了。

维克多，前男妓，也向法庭直言伯尔尼德想被阉的病态欲望。“有一次他甚至愿意为此付给我一万马克，最终我与他断绝了联系。”这个三十八岁的男人说。

但伯尔尼德很快找到了另一个愿意实现他荒唐梦想的男人，这一点法庭已经知道了。

法庭展示了一些视觉证据以阐明阿明的罪行。

首席法官穆特泽从另一个房间取来证物，打开拿给所有人看。庭上的人全体倒吸一口凉气，当他们看到阿明的行凶用具时，计有六把屠刀、一把斧头和一台绞肉机。

然而，相比下一个展示——三盘用来记录屠宰过程的录像带，这套工具简直是小巫见大巫。

媒体和旁听者被请出法庭；只有阿明、两名律师、五名法官、专家证人和法院书记员获准观看录像。舒尔茨，五名法官之一的平民百姓，事后承认当他看到阿明像屠夫一样用一把锯子分割人肉时，假装自己正在看的是一部教育纪录片。另一个法官罗萨马里·兰格，看到阿明一边对倒挂在屠宰屋铁钩子上的尸体开膛破肚、取出内脏，一边跟伯尔尼德残破的头颅说话时，几乎昏厥过去。

看过全部录像带的警务人员承认事后他们接受了心理医生的治疗。“在我职务生涯中，我再也不会看这样的东西。”联邦调查员维尔弗里德·费尔说。“即便是对见多识广的犯罪专家，这种考验也是难以想象的。我自己都吐了。这不是人类的思想所能理解的。”

当伯尔尼德断气、录像带也终告停止时，观看者都松了口气。既然吃掉伯尔尼德是阿明毕生之极乐，为何他不拍下吃的过程呢？检察官当庭发问。为什么只拍屠宰的过程？

法庭还从费尔探员那里得知，摆在他们面前的惊天罪案并非绝世独立，虽然他们对此都半信半疑。他的同事在德国发现了一个生气蓬勃的食人者群落。“他们中可能有牙医、教师、厨师、政府官员和杂务工。”费尔告诉法庭。鲁道夫·艾格，德国中央犯罪调查处的犯罪学家，告诉法庭光在德国，有吃人倾向的人多达数百个，全世界则有数千人。不过这位犯罪学家特意指出，与阿明不同，那些进入食人者聊天室的人中只有极少一部分愿意进行到底，在真实生活中见面。

警局调查员沃尔夫冈·布克讲述了将阿明和伯尔尼德联系在一起的网上秘密通道。两人都是聊天室的常客，时常出没在诸如食人者咖啡屋这样的房间里。阿明与其他聊天室成员的电子邮件通信如果打印出来，将装满两卡车，巡官伊索尔德·斯托克说。

首席法官穆特泽花了数小时在庭上宣读阿明与伯尔尼德的电子邮件通信。他用同一声调反复读了几遍散落在信件中的誓词和性描写。法官还读了阿明在互联网上发表的关于男妓的虚构故事。当阿明听到故事里描述男妓被刺、鲜血从胸腔喷涌而出的情节时，他自豪地笑了。

接下来轮到专家证人决定这位自我招供的食人者是否该负刑事责任。

监狱精神病专家，海因里希·威尔莫，证明被告精神状况良好，但应该接受心理治疗。他说被告具有“人格紊乱、缺乏同情心和自我控制”的特征。

克劳斯·贝尔，柏林夏里特医院的精神治疗医师和性学家，同意阿明不能被归入精神病之列，也不该被送到精神病院。贝尔认为阿明“至少拥有一般人的智商，而且没有显示出任何精神病的迹象”。一个人茕茕孑立的阿明，养成了对吃人行为的迷恋，以作为“亲近”男人的一种方式。在他的早期生活里，阿明显然在幻想拥有一个永远不会离开他的朋友，贝尔说。互联网和电子邮件的问世，对他实现自己的幻想起了推波助澜的作用。阿明的行为从头到尾都是自利的，贝尔告诉法庭。“在这种行为里，梅维斯只想实现自己的目标，毫不顾及伯尔尼德的需要。”

庭审期间阿明总是摆出一副镇定自若的架势，很少出现让自己手忙脚乱的状况，但是当贝尔问他性和色情之间的区别时，他的面具片刻滑落，全法庭的人得以一瞥他内心的混乱。

“性是在床上真刀真枪的干，”阿明回了上半句，然后沉默了一会，脸上露出尴尬的红晕。“色情则是某种悦目的东西。”

另一个专家证人，精神病专家和心理学教授格尔格·斯托尔普曼，被唤上庭。他称阿明“极端的自命不凡、自以为是”，而且有一种“精神分裂性人格”，但他也表示没有查出阿明是精神病。“他执行的行动都是事先计划和准备好的。”斯托尔普曼说。他认为阿明潜意识里想通过吃人以填补父亲和兄弟离家的空虚，这导致他唯母亲之命是从，直到她去世。他还向法庭解释阿明在母亲去世后延续了很多母亲的个性特征，潜移默化在自己的人格里。比如他变得比以前专横了。

斯托尔普曼和贝尔都提到了阿明曾被一个年长亲戚玩虐的经历，这是他在庭审前的狱中讨论里跟他们说的。那时他还小，常跟那位亲戚一起看同性恋色情录像带。根据阿明的说法，亲戚还唆使他模仿片中的场景。这两位专家证人表示，阿明可能没有在他受虐一事上故意撒谎，但也可能是他编造的，想让人相信博取同情。

埃梅尔对专家证人关于他客户精神状况的论断很满意。根据他们的证词，阿明不能被归入精神病之列，但负有刑事责任。他担心的是，如果他四十二岁的老客户被送到精神病院，可能会在里面被关上好多年，甚至是一辈子。

听到法庭宣布自己精神正常，阿明笑了。他知道自己正常得很。要是他被认定有精神病，那才荒唐呢。对他而言，吃人是这个世界上最自然、最正常不过的事了。

27
棘手

庭审第十二天。单是证人和专家证人出庭作证就花了十天。现在该轮到双方律师向陪审团答辩了。

检察官科勒起身陈辞。他知会法庭受害者是自愿赴死。伯尔尼德在录像带上反复说过这一点。然而他又补充说，受害者在当时的情况下可能已无法正常思考，被告则利用了伯尔尼德的这种精神状况。科勒要求判终身监禁，理由很简单，阿明实在太危险了，不能放虎归山。在德国，谋杀罪最少要被判十五年徒刑。

阿明的律师埃梅尔一身紫色的律师袍，仔细听着检察官的说辞，不时和他的客户开个小玩笑。他要求判罪刑轻得多的“按需杀人”罪。最多服五年徒刑，但一般只适用于“安乐死”的案例。埃梅尔知道双方是否达成默契很关键，他争辩说伯尔尼德主动受死，早知道自己会死于非命。他向法庭强调，伯尔尼德的电子邮件明白无误地表达了他赴死的意愿。其中有一封邮件这样写道：“我已没有退路，只能前行，穿过你的利齿。”

被告和他的律师站在一起，交流身体语言时，两人常常情不自禁地肩碰肩。埃梅尔支持阿明，庭上的人都看得出。

“我的客户不是怪物。”埃梅尔说，他只不过有点“心神不安”，而且“对人肉有一种不由自主的性渴求”。他还将阿明描述成“旧日学堂的老好先生”。阿明的女性证人、两位前邻居马迪娜和马里恩，都对阿明的举止和风度有好评，律师说。

庭审第十三天，轮到阿明最后陈词。

他好好回想了一番迄今为止的事态进展，以及所有已提交的证据。总体上他对庭审表示满意。他很高兴让自己的幻想大白于天下，重温他杀人的细节。这么多人为了他聚在一起，所有人迫不及待以他和他钟爱的屠宰事业为话题，这让他觉得有点青云直上和受宠若惊。如此受关注、成为媒体狂热的目标，这种感觉真好。现如今他牢牢站在舞台中央，他喜欢这种感觉。

审判给了他一个机会，让他的记忆在全球观众面前重获新生，不必再将属于他的荣光遮遮掩掩，这真是一种解脱。但是人们不能真正对他的心情感同身受，又让他有点失望，可他有什么办法？毕竟，他们活在不同价值观的世界里。他已竭尽所能为自己做了辩护，他希望芸芸众生中至少有一两个知己现在能理解他行为背后的情不得已。

他还希望他说服了法庭上的某些人相信他是无辜的。

伯尔尼德自己想死，我阿明只不过是帮了他一把。

他承认利用伯尔尼德实现了自己的幻想，但这都经过伯尔尼德的同意，他事先也知情。阿明知道自己必须做一个强有力的最后答辩，说服法庭上的人从他的立场来看待伯尔尼德的死亡，而不是检察官的立场。

他站起来，双手握在身前，面对法庭。他知道最后这些话有多重要，他的最后答辩将决定他的未来。他需要博取法庭的同情，甚至让他们喜欢他，而不是视其为怪物。

“我的朋友享受死亡以及死亡的过程，”他说。“对他而言，他死得漂亮。”

旁听者禁不住浑身发抖，热内表情惶恐，伯尔尼德的其他朋友则明显表现出不满。即便经过了十三天的审讯，阿明的罪恶还是那么令人震惊：将刀子刺进一个人的喉咙、将人剁成碎片吃掉，有人竟然认为以这种方式离开世界会让人高兴？

“伯尔尼德在自由意志的驱使下找到我结束他的生命。”阿明称。

他强调伯尔尼德自由自愿接受了等待他的命运，而且他们俩还共同参与、详细筹划了一份自毁和人肉的合约。彼此答应对方的条件，甚至包括死亡，他强调。他迫切想让法庭理解他不是那种违背对方意愿强行挖出其心肺的残忍怪兽，也不是在毫无知会对方的情况下悄然将其刺死，他不想被归入冷血杀手之列。他不过杀了一个愿意被杀的人而已。另外几个不愿意成为他下一顿晚餐的人，都被他一一释放了，他提醒法庭。

阿明很清楚，吃人在现代社会里是难以容忍的罪恶行径，虽然在他的世界里再正常不过了。在回答检察官的一个问题时（检察官能打断被告的最后答辩），阿明说："我承认这（吃人）是一个禁忌。"问题不在于此，关键在于：他把不把这一"禁忌"当回事。

然而，阿明坚持为自己沉冤昭雪。

"我知道必须向上帝和世界证明我的所为正当。"他说，耸耸肩，仿佛在暗示他甚至不屑与人类的道德律妥协。阿明没有号啕大哭，潸然泪下，或哪怕对伯尔尼德的死表示一点哀伤。更没有丝毫懊悔。最大的遗憾是，他告诉法庭，没有在刺死伯尔尼德前多了解他一些。但他说自己有过一丝悔意。"我也很懊恼，但我不能让时光回转。"他说。他还坚持说自己对人肉的渴求已得到满足。"我已修成正果、快乐至极，不用再杀人了。"他宣称。"我不想再杀害或伤害任何人。"他又补了一句。

说完后阿明坐了下来。他已竭尽所能，很快他又将回到那个孤单的囚室。但他不认为会在那里待很久。"没准四五年之后我就自由了，"他说。"我可没有强行杀人。"

观察者则没有阿明那么自信，认为他只会被判一个温和的刑期；毕竟，这在德国尚属首例，而德国又没有法律明文规定吃人非法，这让案子的判决更加扑朔迷离。即便是法律专家也难以对此案进行界定。德国吉森大学犯罪学会的亚瑟·克里泽教授相信，此案之复杂性将使其判决成为一个新判例。

“一方面我们指控被告犯了最严重的谋杀罪，但另一方面又不得不承认，无论受害者精神正常与否，他是自愿被杀的。这种案子太罕见了，”克里泽说。“凶手挑中了受害者，受害者也挑中了凶手。”克里泽认为，法庭正在审理的不是一桩凶杀案。“这是凶手和受害者共同参与的一个杀人案件，不能被认为是罪大恶极的预谋杀人。”但对被告律师提议的安乐死罪名，克里泽也不敢苟同。“我也不认为这能归入安乐死之列，因为被告不是出于利他、而是自利的目的。”

克里泽希望此案能一直打到德国联邦宪法法院。他还希望检察官能咨询新的医学专家，重新评估阿明的精神状况，虽然前面的评估认为阿明没有精神病。

全世界关注此案的人也在激辩现代食人者该判何种徒刑，他们的观点对阿明的刑期当然不会有什么影响。这一责任以及最终对阿明罪行的认定，无疑落在了卡塞尔地方法院五名法官的头上。首席法官海因茨-沃尔克·穆特泽，在其他法官的协助下，将决定阿明·梅维斯谋杀罪名是否成立。这是个很难做出的决定，即便对穆特泽这样经验老到的法官。在宣布判决前，他知道自己需要更多的时间。

“很多案子里，法庭会在庭审最后一天宣布判决，”穆特泽说。“但这个案子实在太复杂了。我希望能在2004年1月30日有个结果。”

还得等上一小段时间，阿明的归宿才会水落石出。

28
过失杀人

1月30日，星期五，一个寒冷的冬日。早上的冷空气似乎钻到了衣服里，直透人的骨髓。卡塞尔地方法院外人头攒动。他们使劲摩擦双手，用力跺脚，将鼻子凑近热茶瓶口，希望能得到一丝温暖。

从清晨五点十五分起，法院大门外开始有人集结，争抢为数不多的几张旁听票。阿明预定在今天接受宣判，为了获得第一手见证此事的权利，他们甘愿在寒冷中等上四个小时。八点三十分，只有前三十六个排队等候的人能拿到票，庭审在九点开始；那些拿不到票的，至少还能在阿明进入法院时瞄一眼他。

终于，这个自我招供、对他的审判吸引了德国和全世界注意力的食人者，来了。外表沉着冷静。他穿着一套黑色的西装，打着一条土黄色的领带，看上去好极了。

记者和摄影师抢作一团，尽量靠近德国最臭名昭著的食人者，问个到位的问题或拍张生动的照片。

“是的，我感觉很好。”阿明对发问的记者说，双手交叉放在身前，笑容满面。“昨晚我睡得很香。”他在镜头前龇牙咧嘴地笑，直到被允许进入法庭，开始最后一天的审判。

法庭上的气氛焦虑不安。

在等着法庭宣布裁决时，一双双眼睛从不同角度盯着法官穆特泽，努力猜度他脸上的表情。德国现代司法制度如何与这一无法定义的罪行对接？关注此案的人大都相信，被控杀死一名柏林电脑工程师、吃掉其阳具、又将其尸体冷藏以备日后享用的阿明·梅维斯，将被判犯有谋杀罪。

他们错了。

法庭判阿明过失杀人。

他被判服八年零六个月的徒刑，表现好的话还可以减刑，这意味着他最少可能只要在监狱里关上四年零三个月。判决甫一宣布，法庭上顿时鸦雀无声，几秒钟后喧声四起。旁听者不停摇头，对这一判决难以置信；伯尔尼德的朋友和前伴侣热内，看起来大失所望。

法官穆特泽看着满屋子疑惑不解的脸，听着他们的交头接耳声。他示意旁听者安静，解释说阿明犯下的“罪行在我们社会里饱受谴责，即杀人和吃人”。他进一步指出阿明的行为“令人发指”。

但是，他说，录像带上的证据清清楚楚地显示出他未犯有谋杀罪。“从法律上看，这属于过失杀人，杀了人但又不是谋杀犯。”他解释说。“此案杀人者没有明显的杀人欲望，”穆特泽又加上一句。“不存在根本上的杀人动机。”

从法官的观点看，如果伯尔尼德是因为钱财惹祸上身而不是为了让人大快朵颐遇害的话，凶手的罪行反倒会更严重。吃掉一个市民同胞尸体上的肉，这种邪欲竟然构不成根本动机！

法官指出，杀死伯尔尼德让阿明觉得“很不愉快”。但有人认为这正好说明阿明更加罪不可恕，因为与许多不由自主或有精神障碍的谋杀犯不同，阿明不得不先克服自然上的反感，再实施其杀人行为，换句话说，他对杀人行为还是有疑虑的。但法官不这么认为。他还说，阿明有严重的心理障碍。穆特泽法官描述了被告如何在他还是个小孩时就受吃人想法的困扰，从此而一发不可收。用刀刺向伯尔尼德的喉咙，法官说，是一种“必要的恶”，目的是为了“实现他的吃人幻想”。法官似乎有一种隐而不发的观点认为，阿明的吃人欲望跟他的身高或头发颜色一样，不是他本人所能控制的——如果因为他拥有此类欲望而惩罚他，是一种道德不正确。吃掉伯尔尼德的肉并不意味着此案是“一桩典型的食人案例”，法官认为。阿明的首要动机是想“让一个人成为他身体的一部分”，而经由吃人这一手段，阿明实现了他“二体合一”的目的。

法官认为，庭审让公众对SM和吃人的阴暗世界不再陌生。“这次庭审前，我们根本不敢想象有这类亚文化存在，但现在我们看到人们慢慢适应了，”他说。“我们打开了一扇门，虽然很快我们又会将它关上，但这一开一阖让我们知道，互联网上有多少人正生活在他们的幻想中不能自拔，他们需要我们的帮助。”穆特泽强调了互联网在这一犯罪中所起的作用。“互联网让一切皆有可能，”他说。“两个有精神困扰的人在网上相遇，达成一致。无论从道德还是伦理上说，这都是可鄙的，但双方毫不在意。”他认为阿明和伯尔尼德两人“各取所需，都受到严重的心理困扰”。

法官在庭上宣读判决时，阿明的脸上露出了一丝微笑。相比庭审刚开始时，他看上去更单薄和苍白。当法官作解释时，他一动不动地坐着。

阿明的律师对结果很满意。相比检察官的十五年谋杀罪名，判决与他的期望相去不远，以致埃梅尔认为他们获得了“部分成功”。他说：“梅维斯在庭审时对全世界敞开心扉，让每个人都知道了他的想法和绝对真相。”他又为客户辩护说：“他从不违背受害者的意愿吃掉受害者，一旦他开始服刑，他还是很有盼头的。”

但法庭上的其他旁观者——在他们眼里，法官的解释根本站不住脚——都对判决极其不满。他们认为阿明是不应该因为他不由自主拥有的幻想而受到惩罚，但他们觉得，阿明实施了杀人的行为，他应该为这受到惩罚。他们论断说，阿明·梅维斯不是唯一受这种幻想困扰的人——但其他人成功克制了他们的欲望，每天正常上下班，无害于人类。而且，法官自己不是说过阿明吃人成性，这种心理扭曲将伴随他终生吗？法庭指派的精神病专家也说过，这种“扭曲”无法通过医疗或其他手段矫正。也就是说，有没有理由认为阿明会戒除他的吃人幻想？似乎很不可能。吃了伯尔尼德后，他继续在网上四处寻找新的受害者。因而，难道没有理由怀疑，他依然还是一个危险人物吗？

阿明起身走出法庭。他知道判决对自己有利，让他逃脱了谋杀的罪名。

被拘留时他就被视为模范犯人——如果他继续保持这种良好表现，不用几年，他就又能在路边咖啡屋继续畅饮他最爱的南非红酒。走出法院的路上，他认出了一个他在法庭上认识的人，正在友好地向他点头微笑。他走下台阶，进入一辆绿色的警车，准备将他送到接下来五年里他的家，他在卡塞尔－威尔海顿的孤独囚室。

卡塞尔地方法院外，旁听者还在对法官的从轻判决喋喋不休。四年零三个月后，阿明将获得假释，继续在互联网上狩猎，他们交头接耳说。

“不可能，不可能，这不是真的。”一个老女人快步走出法院。专程从伦敦飞过来看庭审的阿兰·霍尔对判决的温和表示“不解”。“难以理解，”他说。“犯下那样的罪行只被判了八年？即便到了世界末日，这还是谋杀无疑。”一直跟踪庭审的卡塞尔人曼弗雷德·舒贝尔表示赞同。“判决实在过于宽松。”他说。庭审期间他的表现可能一点不像食人者，但在我心里“他永远危险”。同样来自卡塞尔的埃德加·波斯纳也旁听了庭审，他也同意判得太轻了。“我个人认为，他应该被关一辈子，”伯尔尼德·艾斯纳对记者说。“太仁慈了，终身监禁都不为过。社会应该得到保护，不受那种人的侵害。”女执事（牧师的女助手）吉塞拉·斯特罗里尔格认为阿明所作所为“不仅难以置信，而且无比恐怖”。她希望他所谓的对上帝的“忠诚”和经常去教堂的事实，能教会他从不同角度看待自己的罪行，并“在上帝面前承担责任”。

少数看过庭审的人，像沃纳·迪格勒，认为过失杀人是合适的判决。受害者自己愿意受死的，他们说。

然而，即便最推崇个人自由的德国人也对法庭的从轻判决，以及他们隐而不发的“出于乐趣吃人是另一种生活方式的选择”这一观点，表示困惑和震惊。愤怒的市民想知道，既然国际刑警都准备搜捕互联网上的恋童网站以及访问网站的人，那为何不能对食人者聊天室采用类似尺度，里面的人只是为了刺激好玩，不惜安排让自己像畜生一样被杀掉！没错，在这个国家的卧室或餐厅里发生的事纯属私人事务，但吃人总归不是合法的吧！即便是受害者主动请求成为菜单上的一道菜！在德国这样的文明国家里，没有规矩怎能成方圆。

伯尔尼德和阿明的前同事、朋友都松了口气，庭审总算结束了，虽然他们对判决不敢苟同。

与伯尔尼德一起在西门子工作的斯蒂芬·波梅雷宁，一直从报纸上追踪庭审的进展，他依旧不敢相信他的前同事自己想被吃掉。

“这个伯尔尼德与我们熟识的截然不同。情况怎么会是这样。我们想都不敢想。”安吉拉·霍贝克，伯尔尼德的另一个前同事，也称自己“难以置信”。

“一天早上我收到一封电子邮件，说伯尔尼德被找到了，”霍贝克说。“附件里还有一个报纸的链接。用的是跟他们以前寻人时一样的照片。他的身体里似乎有第二个伯尔尼德在。他一定很善于伪装自己。”

阿明的前同事也被他的罪行吓坏了。他们浑身发抖地回忆阿明曾经带到办公室去的肉丸和好吃的小点心，并对阿明从未与他们一起分享表示庆幸。

然而，最被阿明的吃人行为吓坏了的是罗滕堡人。他们理想的田园生活被毁了，好不容易审讯结束了，他们只想在媒体的狂热中紧闭大门，尽力回到他们以前享受的平静生活中去。

阿明的左邻右舍更是难以理解，他们根本没想到会是这样。儿时玩伴曼弗雷德·斯塔克担心阿明如果有机会会再度行凶；他相信阿明之所以没有再杀人，只是因为他来不及在被捕前挑中合适的受害者。邻居卡尔－弗里德里希·施纳尔不觉得阿明被关在牢里就会遏止他吃人的冲动。“他在里面得不到任何帮助，”他说。“总有一天他会出来。而在他服刑的那段时间里，他将故态复萌。不可能痛改前非。出来后他还是一颗定时炸弹。”

罗滕堡居民不愿意阿明服完刑后再回到这里居住。“他给我们的震撼难以复加，”施纳尔说。“我不认为有人会认真考虑如何帮他，或是往监狱里给他送衣物、香烟之类的东西。绝对不可能。而且我们脑海里的疑问还没有解开，他为什么要那么做？这个问题的答案我们可能永远无法知道。”施纳尔甚至怀疑阿明很享受他新近获得的名声。“他以前真的有一种低人一等的情结。现在他的小宇宙有了能量，成了一个了不起的人。”

其他人则有上当受骗的感觉，怀疑他们的友谊是否还能维持下去。“我觉得我再也不会跟他去航海了。”黑里贝特·布林克曼说，阿明假日帆船队的船长。“信任已荡然无存。我不知道我是否还能说服其他人让他加入。没准将来我们还能再跟他去一次，看看会发生什么事。船员们都比他强壮，而且我们会盯紧他。最最糟糕的情况下，我们总能将他抛到海里喂鲨鱼吧。想除掉他，这是最简单的方式了。”

29
上诉

阿明觉得狱中的日子舒服无比。他穿着卡塞尔监狱的标准囚服——深蓝色的裤子和白色的T恤、加一件天蓝色的衬衣——平整熨烫过，衬衣的衣角整齐地塞进裤腰带里。

他从小在纪律严明的环境里长大，习惯于接受母亲和部队长官的命令，因而在日常点滴均有规可循的监狱里他感到放心。在狱中，对于什么是对的、什么是错的、什么是你应该做的，均有明确规制。听命于别人的指示对他简直是一种解脱。在狱中，没有压力，没有责任，也没有期盼，有的只是循规蹈矩。他很快融入了监狱的生活。

男性环境也颇受阿明青睐。狱中随处可见皆是男人。他可以在洗澡时肆无忌惮地偷窥年轻囚徒的身体，闻到他们的汗水和体味的气息。从监狱通道开始，这里就是睾丸激素的玉国。

然而，最重要的，阿明很享受犯罪带给他的身份和地位。吃掉伯尔尼德让他声名大涨，托报纸和传言的福，还未被关进来，他作为“食人者”的名头早已传遍了整个监狱。无名小卒阿明·梅维斯的日子已成往事，现在似乎人人都知道他和他的罪行。

不仅如此，监狱里的人很快见识了阿明的聪明才智，对他的尊敬和崇拜油然而生。庭审前后，阿明恶补了一通德国的司法制度，碰到什么法律上的事，囚犯都从他那里征求意见；他还为人操刀代笔，一展辩才，委婉地表达他们想要说的话。但受人欢迎不等于没人怕他——情况恰恰相反。阿明的吃人癖好不是其他犯人能心无芥蒂认同的，由此也使得他让人心生畏惧。成天跟一个随时可能把你当晚餐吃了的人混在一起，这种做法很不明智。

寄给阿明的私人信件越来越多，让他有点疲于回复。他在监狱老式的打字机上给崇拜他的粉丝们回信。此外，他还淹没在潮水般的采访请求中，一般他都会拒绝——除非媒体愿意支付他可观的费用。他开始考虑他的坐牢事业，以及任何确保他将来的名声和财运。他相信有一大堆激动人心的机会在等着他，而他则应该善用他的刑期（如果他服满过失杀人全部徒刑的话），好好大干一场。

他的第一个计划是写一本自传。他喜欢讲述宰杀伯尔尼德的细节，也急于通过将它们落在纸面上，重温这段经历。律师告诉他，众多出版商已经在争夺这本书的版权。他只需从中挑出一个愿意大方付给他钱的出版商即可。阿明则对律师说，书写他的人生故事，将有助于劝诫世人，尤其是那些跟他有类似幻想、一心想模仿他的人。“他们应该去接受治疗，”阿明说起这些潜在的食人者。“这样就不会跟我一样，让情势恶化无法控制。”

他的另一个重大计划是拍一部关于他人生的电影。律师说出售他人生故事的电影版权能让他净入100多万美元。当然，拿到这笔钱，阿明必须先支付他的律师费用，数目大约是14万美元。但他从牢里出来后依然还是一个富翁，如果这部电影真能拍成的话。阿明估摸他能挣到比明星安东尼·霍普金斯多得多的钱，后者在电影《沉默的羔羊》里扮演了虚构的食人者汉尼拔·莱科特，而他则是一个名副其实的食人者。按照他律师的说法，对于这部自传电影版权的争夺已经硝烟四起。问他具体是哪几家电影公司在竞标，埃梅尔回复说：“这个时候，根据合同的约定，我不能向你们透露电影公司的名字。”他还说：“现在为时尚早，将来我们会接到越来越多的竞标。”

阿明在新环境里受到的关注开始让他觉得自己像一个VIP。通常情况下他的表现堪称模范，因为他知道如果表现好的话，他只要服完一半刑期，就能获得假释提前出狱。但有时候，他急剧膨胀的自我严重妨碍了他和监狱官员的关系。

有一年圣诞节就是这样。

阿明要求狱方向他提供一大份香肠作圣诞晚餐，不仅如此，他还要求这份柏林粗香肠[1]必须在大蒜和白酒里煮过——跟他当初烹煮伯尔尼德一样的方式。

“他明显是在开一个愚蠢的玩笑，”一位监狱官员说。“他可以吃到香肠，但不是用他说的那种方式。”

动物权益保护组织 PETA 对阿明的圣诞节菜单感兴趣。他们送给了他一本素食食谱和一个装满了素食汉堡包及豆腐制品的圣诞食盒。PETA 希望这套入门装备能说服阿明痛改前非，加入他们的素食大家庭。“每天，这个人对一个电脑工程师所做的事情，也在其他动物身上上演，”PETA 新闻发言人尤尔根·福尔曼解释说。“宰杀、切割、分离、冷冻和吃掉人肉的残酷情节，正是我们这个社会的真实写照。每年，在德国，超过 4.5 亿只同样有感觉的动物也以这种方式被送上西天。”他说。

阿明没有被 PETA 的论辩说服而改吃素食。

阿明的名声在监狱高墙外的世界持续膨胀。

他的吃人行为广受宣传，让他成为食人世界里的一大巨星——他因为真的杀了人吃了人而声名鹊起，而不是纸上谈兵。让人不安的是，众多号称献给他的网站出现了，很多人在网上发广告称自愿做他的受害者。阿明的故事向他们表明，豁出去吃一个人不仅是可

---

① 柏林粗香肠，Bockwurst，最受欢迎的德国香肠之一，1889 年由柏林一家餐厅的老板 R·舒尔茨发明，一般为猪肉或牛肉制成的趁热食用的水煮香肠。

行的——而且只会被轻判了事。

阿明以前的熟人很少来监狱探他。唯一一名常客是马里恩·莱奇，只有她继续用善意的目光看待他。“他是一名犯人。一如既往的友好亲切。对我的孩子也是这样。”马里恩这么说阿明。她坚称自己与阿明只是纯粹的朋友关系，与媒体报道的相反。“仅仅因为我没有对他背过身去，突然我就成了一个食人者的爱人。他的家人背离了他，这已经很糟糕了。不是只有我一个人这么做。我的父亲和我的朋友梅克·斯塔克也站在他那一边。甚至连我姐姐都到监狱里看过他。”这位前邻居相信，阿明将来还能在社会里找到一席之地，虽然有点“难度”。“许多恶意杀人或残害儿童的谋杀犯都在社会里找到了位置。而且我觉得他们比梅维斯先生坏多了。梅维斯先生对一般公众并不危险。他已经学会了如何调适。”

马里恩和阿明还通过邮件保持联系。在一封信里，他说自己“满怀忧伤，孤苦伶仃”。而且他觉得羞耻，阿明写道。他的言辞融化了马里恩的决心。她决定只要他一有需要，就会出现在他身边。

阿明希望律师通过上诉为他改判一个更短的刑期。他想让埃梅尔以“按需杀人”而不是过失杀人的罪名提出上诉。“按需杀人”最短只会被判六个月监禁，最长也就五年。

德国的检察官们也急切想上诉，推翻此前过失杀人的判决。

他们称阿明是“为了满足自己的性冲动”而大开杀戒的“人类屠宰师”，阿明当时就应该知道他的受害者神志不清，无法正常思考。检察官科勒打算以两种罪名起诉阿明，一是杀死受害者、二是吃人肉。阿明犯有“性满足谋杀罪”和“侵扰死者安宁”的罪名，检察官坚称。如果阿明谋杀罪名成立，他将被判终身监禁。在德国，终生监禁并不意味着犯人必须在监狱度过余生，而是说犯人最少要被关上十五年，才有机会获得假释。

德国联邦最高法院是德国民事和刑事案的最高上诉法院，决定是否接受或拒绝某一上诉。阿明一案的上诉类型将只会在对法律条文的诘问上展开，而不是对案子的事实重新进行调查。如果上诉被接受，卡塞尔地方法院的判决将被宣称无效。

许多法律专家也希望此案重审。洛伦兹·博林格，不来梅的一个法律教授和精神病专家，认为阿明一审就应该被判性满足谋杀罪名成立。“我们的社会不能接受一个人被杀了吃掉的事实，”他说。“我估计联邦最高法院也会说这不能接受。”博林格还称卡塞尔地方法院应该判阿明因精神失常而得以减轻刑事责任，这样他就能被关在精神病院里。“我个人认为，这个人亟须得到治疗。”

30
没准旧事还会重来

很多年了，阿明从未感觉如此平静过。

实际上，自打儿时与父亲兄弟同住一室后，他就再也没有体会到这种心理平衡感。牢狱的社区生活给了他一种长久渴望的大家庭的感觉。他周围总是围着人，受到的关注与日俱增，不论来自狱友还是监狱的精神病医生，或是他的粉丝和高墙外的大众媒体。日常牢狱生活也给他提供了一系列小目标，而这些目标他知道自己能实现。

是的，某种程度上他有一种被囚禁的感觉，无论行动自由还是个人空间皆受到限制。但讽刺的是，至少在他的头脑里，他享受到了一种前所未有的自由程度。庭审后，他摆脱了自成人以来无日无夜不在困扰他的精神折磨。犹如旋风般定期袭扰他大脑的吃人念头和冲动日渐平息，变成了一股嗡嗡响的嘈杂声。有生以来第一次，阿明找到了一种精神上的平和。

现在他有机会与人分享他的吃人念头，无数次他精神愉快地向监狱里的精神病医生倾诉。他们努力想读懂眼前这个麻烦缠身的犯人，阿明则获致一种前所未有的放松，当他倾倒内心的痛苦、吃人的冲动和想象的世界时，不用担心受到惩罚或排斥。他知道他能将自己阴暗的秘密放心地向医生全盘吐露——未经他的许可，他们不能将这些秘密告诉任何人。

庭审和宣判后，阿明觉得自己掌控了内心的吃人冲动，至少在某种程度上是这样。吃人虽然还是他不可分离的组成部分、一种不断侵扰他的需要，但他感觉自己有能力与其对峙了。到目前为止，他已经满足了自己与一个“小兄弟”合体的欲望，这种欲望不会再产生了。因而，他现在能掌控他的吃人癖了。没错，他还怀念首尝人肉的滋味，知道这种滋味一经品尝，他就再也不会失去对人肉的好胃口。但他也知道监狱高墙之内，他必须规诫自己，满足于牢里的粗茶淡饭：现在他的常规食谱包括比萨、青菜和肉，大部分是猪肉。他知道虽然自己永远不会忘记过去的经历，但大家都期盼他将吃人生涯置之脑后，全副身心开始新生活，为将来获释做好准备。

医学专家对阿明精神状况的改善没有他本人那么乐观。鲁道夫·艾格博士，在阿明的庭审上作证的犯罪心理学家，不相信阿明在处于监视和囚禁的状况下，心理健康得到了改善；相反，他认为阿明的吃人欲望只不过暂时受到了抑制而已。理由是阿明的吃人癖既然经过那么长一段时间才形成，当然不会在一夜之间消失。艾格还对阿明真心悔过他杀死和吃掉伯尔尼德表示怀疑。阿明无疑很后悔他的罪行被人发现，这点他知道——但他在庭上龇牙咧嘴描述自己犯罪事实的方式，足以让艾格相信阿明心里对自己的犯罪行为没有丝毫悔意。艾格的观点是，一旦阿明重新被放回社会，他在某种程度上将对社会构成威胁。

亚瑟·克里泽，吉森大学的犯罪学教授，也不相信阿明完全驯服了内心的狂野欲望。“这是一种严重的心理扭曲，将伴随他终生，”克里泽说。“无法矫正。唯一能为这种人做的事情是学会让他们自生自灭，不让他们将这种扭曲付诸行动，小心避开某些特定的场合。”

马克·贝纳基，一个德国法医犯罪学家，同样对阿明自说自话的恢复和驯服内心野兽的能力表示怀疑。“那好比是他性交的方式，或是他想要的性交方式，”贝纳基说。“这是一种严重的心理失调。像他那样的人无法控制自己的欲望，甚至连让自己不去想都无法控制。”

业内专家都很担心阿明一旦被释放，他还会再去吃人。

犯罪学家和心理学家还担心，对阿明的从轻判决、他知名度的飞速蹿升及其个人财富的前景，有可能鼓励其他人效仿他的吃人榜样。“边界已经不在了，”贝纳基说。“属于那个亚文化的人现在四处勾兑。没准旧事还会重来。可能不在我们还活着的时候，可能不在德国，谁能知道呢。”

阿明的吃人癖还与在他庭审之后发生的一系列犯罪案件有关

联，这也在德国引起了极大隐忧。德国下萨克森州的警方怀疑，阿明的庭审启发了一起中学的暴力事件。希尔德斯海姆市一群十几岁的青少年不仅折磨一位同校同学——还拍下了他们的举动，其中包括强迫受害者舔他们的鞋子、用去污剂刷牙等等。警方相信他们的拍摄行为受到了伯尔尼德屠宰录像带的启发，而且这帮小孩还被发财的想法所吸引。“他们觉得，‘如果我们也拍一个这样的犯罪录像带，没准也能挣点钱。’”前任州司法部长克里斯蒂安·菲弗说，现在他是下萨克森州犯罪学会的主管。

阿明还影响了2004年2月在英国发生的一起案件。有人打电话把警察叫到东伦敦的一处公寓，警察在那里发现了一具已遭肢解的男性尸体，被吓得够戗。鲜血在墙壁和地板上溅得到处都是，而凶手正在厨房里用炉子上的一个平底锅，油炸受害者的大脑。受害者据说是五十五岁的布莱恩·切里，住在这栋公寓里的一个老鳏夫。他的身体遭受多处创伤，肢解只是其中之一。几个小时前，嫌犯刚从一所精神病院获释。

阿明从来不知道这一吃人案件。如果知道的话，他可能会对案子血淋淋的细节激赏不已。也可能会心里一动。

在不远的将来。